与中华诗词学会会长周文彰先生合影

与中华诗词学会副会长、《中华诗词》杂志主编高昌先生合影

与中华诗词学会原副会长范诗银先生合影

与《中华诗词》杂志社原副主编宋彩霞女士合影

与中华诗词学会驻会顾问罗辉先生（中）合影

与中华诗词学会常务副会长、《中华诗词》杂志社常务副主编林峰先生（中）合影

与中华诗词学会副会长、《中华诗词》杂志社社长刘庆霖先生（中）合影

与中华诗词学会副会长周达先生（左二）、《中华诗词》杂志副主编潘泓先生（左三）合影

与中华诗词学会副会长张存寿先生（左三）合影

与《中华诗词》杂志编辑部卢冷夫主任（左四）及责任编辑何鹤先生（左一）、美术编辑张亚东先生（左二）合影

与中国散曲研究会会长、"2024中华诗词'聂绀弩杯'年度诗坛人物"赵义山先生及其夫人合影

与中华诗词学会顾问兼散曲工作委员会主任、"2020中华诗词'聂绀弩杯'年度诗坛人物"徐耿华先生（中）合影

与中华诗词学会散曲工作委员会副主任张四喜先生（中）合影

与中华诗词学会散曲工作委员会委员兼办公室主任李宏弟先生（中）合影

与中华诗词学会散曲工作委员会副主任南广勋先生及其夫人合影

领奖剪影

领奖剪影

领奖剪影

领奖剪影

领奖剪影

作者夫妻与传统吟诵专家刘洁淳老先生（中）合影

与夫君罗健先生参加中华吟诵大会留影

作者夫妻与传统吟诵专家刘洁淳老先生及其夫人合影

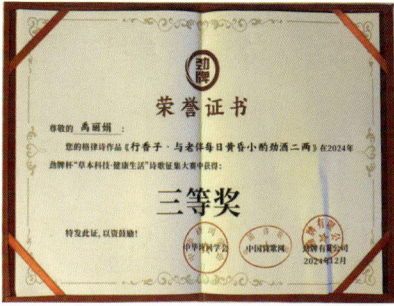

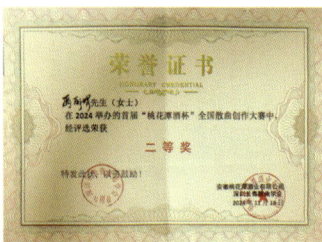

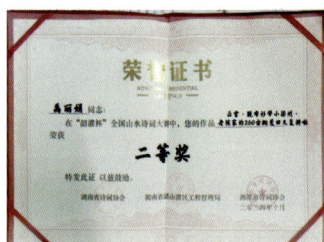

# 序 言

高 昌

　　禹丽娟女史，识于《中华诗词》杂志金秋笔会。其时吟心所向，铎铃四集，风振云举，而诸君亦昂扬奋发，扬臂抒怀，各唱嘤鸣心曲。骚坛一景，而蔚成气象也。笔会既已，而友情年年长续。丽娟敬友乐群，诗词曲联评并出，俱得其法，而中其矩，颇有令人扼腕折心之处。而其曲益透明活泼，生趣宛然，字出天籁，句览佳奇，则更具卓然风采也。其近日微信出示以曩岁所作数百余篇，自言拟搜辑成书，邀吾为序。吾闻言则喜，闻言则惜，闻言则慰，心内亦无二话，乃欣然命笔，不觉其疲，盖不能辞也。

　　丽娟于楚湘山间辟幽雅所在，吾曾为之题名"自在庄园"。浮生于世艰难甚，而能得大自在乎？难也。观夫缤纷世相，攘攘熙熙，怀暴戾、揣利欲、储机杼，争走朱门以赴蝇头蜗角者，几如江鲫也。而嚣然乐于山水、心魂自得、情性宁静、淡泊为诗者，自然引以为同调，愿为之鼓呼。

　　诗者，出诸赤子之心也。耽究虚妄而废清纯，经营利害而忘天真，排揎意气而轻和善，则脱口即俗，偷巧成拙，斗捷为邪,其南辕北辙而远诗万里哉。人为诗之本,诗为人之光,根深而本立,灵秀而格清,此吾言之不虚也。

庄子曰:"荃者所以在鱼,得鱼而忘荃;蹄者所以在兔,得兔而忘蹄;言者所以在意,得意而忘言。"言辞为荃蹄,风雅如鱼兔,人而为诗者,盖求其风雅襟怀,西人所谓诗意栖居者是也。若夫寻句摘章,锱铢平仄,骖靳古今,则自为缧绁,舍本而追末矣。要之,为诗之乐,在意而不在言也。

感动于心,而形于兴观群怨。类如洪波涌起,而随源随流,自成波澜。此波澜亦诗人之心潮尔。读丽娟,为其根柢与才情而点赞。信其虚心好学,必不自足,而来日益臻其善焉。

是为序。

冀人高昌甲辰仲冬于燕山静安居

(高昌,1967年生于河北辛集,1985年毕业于河北无极师范,1989年毕业于河北大学作家班。现任《中华诗词》杂志主编、《中华辞赋》杂志编委、《中国文化报》专刊中心主任、中华诗词学会副会长。著有《我爱写诗词》《高昌诗词选》《祝福所有的孩子》等。)

# 贺胞妹
# 《若涵小玉 —— 禹丽娟诗词曲选粹》出版

禹志阳

闻丽娟诗词曲选粹出版，倍觉欣悦。胞妹年过半百，多年的心血终成硕果，年少时的文学梦终得一圆！正所谓"有志者事竟成"啊！可喜可贺！

当看到她的书稿，我为书稿中在全国诗词大赛中获奖的、在国家级正规诗词刊物和官方平台发表的、被国内有较大影响力的网络平台推优的六七百篇诗词曲作品惊叹、欣慰，百感交集。丽娟小学伊始就体现出写作方面的天赋，其作文常被语文老师作范文推介。而其对于文学的热爱，应该是始于少女时代、坚持于工作与柴米油盐的忙碌中、大发展于退休之后，在"心已悠然静，梦来何必雄。神思无限里，袅袅满清风"的平和心态里，在"诗心长浪漫，绮梦不虚空"的积极行动里，她退休不退步、笔耕不辍，她的成就，有天赋，有热爱和执着，更多的是日复一日的投入与付出。

文学创作来源于生活，又高于生活，诗词更是如此，没有生活源头的诗词就没有了灵魂，而缺乏了凝炼、没有意境，诗词就会索然无味，失去了该有的韵味。丽娟的诗词，完美的诠释了生活中处处有诗，栩栩如生地展示了把日子过成诗、让生活像一幅画的诗画生活。她晨起早餐有诗："鸟雀唤黎明，悠然梦不惊。家餐香正郁，别有比风清。"她自家园子里有诗："恬在地头何可言，椒青茄紫蔓腾掀。"她赏花、观柳、听蝉自然更有诗，梅花在寒冬中盛开，"幽香风递送，漠漠报春先"；在寒风中零落枯槁的冬柳，"乍惊冬雪同妆粉，已盼春风似剪刀"；而"烈日足时无爽味，浓阴深处有清飙"，给"一片风光看不休"的宁静画面，又点缀了一份动感。

　　都说是"男怕入错行、女怕嫁错郎"，对于丽娟而言，是典型的入错了行。向往诗和远方的人，却学了医，工作后又操起了电笔，但她用本该执钢笔或毛笔的手，在电闸的合与断之间，淡定悠然地书写着知足常乐的人生。在丽娟笔下，阅历深厚成了一种财富，是取之不尽的素材、是源源不断的灵感，她将人生百态化作了诗词，将真善美始终作为字里行间的主流，烟火凡尘几十年里，平平淡淡也好，忙忙碌碌也罢，一直是激情澎湃、尽情讴歌。故而她纵情书写美好生活、赞扬美好时代、歌颂美好人与事、宣传美美正能量的作品比比皆是，比如写铁路春运工作者的《卜算子》："夜静北风吹，独启奔波路。已是满城梦境甜，随影匆匆步。最念是妻儿，犹惦家中务。却把深情腹底藏，笑作平安赋。"比如感咏十八洞村"村小犹能名四方，半缘故事半缘岗"，比如咏党的二十大代表"稚子小家何忍舍，休讶，为民辛苦为民忙"等等，不胜枚举。

　　传承诗词是情怀，创作诗词是真爱，拥有诗词是可贵。不问时光深几许，安然浅笑春风起，煮一壶茶，浅唱低吟，观林间翠绿，闻流水潺潺，任人世沧桑，好不惬意。不只是远方才有诗，如诗生活，蕴藏在油盐酱醋茶之间，蕴藏在一花一叶、一草一木、人人我我之中，我想，这才是这部诗词集的真谛吧！

　　自在庄园乐逍遥，诗词成就创新高。由衷祝愿胞妹不忘初心、再接再厉、在诗词天地里继续耕耘和收获自己的快乐。为兄乃诗词圈外人，寥寥数语真诚一贺也。

　　　　　　　　　　　　　　　胞兄志阳甲辰仲冬于北京

　　（禹志阳，研究员，副总工程师，中国铁道学会标准化委员会委员，供职于中国铁道科学研究院集团有限公司。曾获茅以升科技创新奖、中国铁道学会铁道科技奖之特等奖和一等奖、中国铁道科学研究院科技奖之特等奖和一等奖等三十余项奖、以及中国铁道科学研究院突出贡献奖等荣誉，是该业内知名专家。）

# 目 录

## 词

## 曲

## 附录一　禹丽娟理论小文

## 附录二　部分嘉宾对禹丽娟诗词曲的雅评

## 附录三 获奖发言三则代跋

诗

## 赠肖紊新墅

已住桃源里，神仙愧不如。
馨香尘俗远，从此乐安居。

## 年货节

糖果似山堆，声呼若鼓擂。
谁言年味淡，已忘把家回。

## 小年之南北差异

时差馀一日，风俗亦无同。
却共迎年意，深深寄此中。

## 网络搞笑小图图

图小内涵多，阶层意几何。
俗氛知你我，一笑忘穷磨。

## 杜鹃花

花艳疫犹癫，我来花已萎。

相逢互悯怜，共叹光阴诡。

## 梵净山（两首）

### （一）

山幽游兴好，气润客怀清。

逸足金顶望，更知非枉行。

### （二）

梵音安隐约，净域乐逍遥。

山色多灵气，好怀无必撩。

## 南海博物馆（两首）

### （一）

知名连处处，遗胜一篇篇。

深憾无仙镜，难能照得全。

### （二）

烟云长尽散，锦绣久仍存。

衰盛当年事，如今空细论。

## 游借母溪（两首）

### （一）

愁心何解围？山水惬身微。

谷静尘嚣远，溪花绽若飞。

### （二）

林幽鸟绕围，气爽尽烟霏。

石径盘旋上，怅心天外微。

## 借母溪之晨

鸟语林偏静，烟岚岭上幽。

人村齐渐醒，一日复从头。

## 二酉山（两首）

### （一）

秀色千年盖，亭轩掩树丛。

我来谁有约，四望兴冲冲。

### （二）

草木腾灵气，人文茁绿丛。

任遥贤圣事，书味也无终。

## 夜宿借母溪

虫声满耳喧，鸟语偶相援。

视我如知己，通宵各各言。

## 冬晨六时听窗外清洁工咳嗽连连

都道冬晨好，梦香恬被窝。

谁怜温室外，一扫一哆嗦。

## 观乌克兰地铁站躲满百姓

车经轻着力，壁倚可怜人。

炮响烟腾处，和平倍觉珍。

## 梅

小朵艳朝天，疏枝雪底悬。

幽香风递送，漠漠报春先。

# 兰

并非寥落仙，脱俗为谁妍。

一种香还袅，幽清别有天。

# 竹

一发自绵延，心空骨却坚。

风来虽细响，仍旧绿无前。

# 菊

寥落倚篱边，经霜绽欲燃。

繁花归隐后，独自傲人前。

# 摘草莓

绿藏千点红，引客入园中。

却恐惊莓梦，轻盈暗过丛。

## 家中晨餐

鸟雀唤黎明，悠然梦不惊。

家餐香正郁，别有比风清。

## 足球赛

茸茸坪上绿，飒飒势如风。

无形硝烟漫，时时声彻空。

## 北海老街

街声震旧砖，斑驳映眸前。

任是沧桑变，心安不计年。

## 遥望侗寨楼

若隐时还现，木楼皆翠中。

群山烟漠漠，万树影戎戎。

心已悠然静，梦来何必雄。

神思无限里，袅袅满清风。

（2024 年《中华诗词》金秋笔会优秀作品奖）

## 咏 山

悠悠恒谧稳，屹立不言高。

看雨争飘洒，听风枉怒号。

花开闲里艳，树劲肃中韬。

一梦唯禽懂，声声忕自豪。

## 咏洞庭湖

平湖如海阔，云水两茫茫。

天岳清迎客，君山翠弄妆。

帆回生倒影，鹭立映斜阳。

名实多佳景，是真鱼米乡。

## 立夏感吟

花谢香还在，林幽果渐沉。

蛙鸣尘自远，鸟静绿犹深。

落晚闲情倚，乘凉轻梦寻。

无非时序换，懒用短长吟。

（发表于《中华诗词》2019 年第 3 期），收录于《翰林秀粹集》）

## 自家院里格桑花盛开

小园花竞放，入眼色缤纷。

媚带莹莹露，舒如片片云。

随风香散远，居僻静生欣。

有蝶醉同我，飞来任失群。

## 隆回花瑶曲栏游径（中华通韵）

谁道莫凭栏，迎风不尽欢。

熟禾翻玉浪，木栈映青岚。

鸢远儿童看，境奇游客观。

三三瑶户女，佩响艳连环。

## 宿石阡温泉度假酒店

依山犹隐映，小院翠林中。

木栈盘岩上，霏烟绕树朦。

方圆池密筑，曲折径相通。

慵懒阳台卧，如仙物我融。

# 无 题

风起秋凉入，关灯竟不眠。

月阴窗影暗，心苦泪痕蔫。

如堕浑河水，难寻摆渡船。

漠然窥觑者，寂寂五更天。

# 五十岁自省

半生殊况味，欲诉怕人嫌。

空有殷殷卜，从无上上签。

随心依旧实，自律为谁严。

垂老犹羞愧，难将世故添。

# 游河池小三峡

船安画里游，人逸韵中悠。

两岸青山碧，一湾烟水柔。

晴来知有幸，雨后更无忧。

回望接天处，悄然起蜃楼。

（收录于《诗国》2020年第一卷）

## 贵州石阡等几地闲游（通韵）

河山多秀丽，笑靥更嫣然。

望里新楼绚，听来客路喧。

乡民腾梦想，特产映云天。

何患无风景，心甜处处妍。


## 山村秋晨

山梦徐徐醒，曦光照树枝。

风凉犹细细，雾散正迟迟。

啼鸟歌中会，鸣鸡唱里诗。

欣然小黄犬，不吠自滋滋。


## 遇暴雪而被困赤峰

此际虽围困，仍欢雪里心。

茫茫仙一境，浩浩玉千林。

朔气尘烟远，白头天意深，

遭逢稀世景，叹赏自清吟。

（收录于《谷乡绿韵》）

## 到山西晋祠

悬翁山傍列，浩浩令人迷。
古树环楼阁，桥亭映水溪。
读碑难岁转，登塔与云齐。
愧我不经意，闲游日已西。

## 新年寄友

生涯殊况味，祝福许相同。
瘴远山和水，康怡媪与翁。
诗心长浪漫，绮梦不虚空。
春入人间好，休嫌料峭风。

## 立春后逢雨

春雨贵如油，果然无忽悠。
田开欢水浸，地醒喜泉流。
暖气时将盛，新苗日渐抽。
老农舒一望，笠下候丰收。

（刊于《一日一诗 [ 集 ]》）

## 题黄溪古村

村安新旧处，韵入有无间。

溪岭悠悠傍，鸡鹅嘎嘎闲。

第门藏故事，楼影映欢颜。

不变唯同姓，一祠威正顽。

## 某乡村古屋群

非诗复非画，有韵自堪吟。

苍瓦知风雨，苔砖记古今。

名犹碑可录，业已梦难寻。

老木空堂在，谁人识祖心？

## 帽子坡村古树群

此地长佳运，相传树有功。

叶深遮日影，茎立入云空。

村景年年异，岚烟载载同。

鸟啼人不语，徒起羡由衷。

（收录于《当代巾帼山水诗词选》）

## 题芙蓉镇

境佳名自盛，非是藉明星。

瀑落全城爽，山围四面青。

幽阶黏雨叶，怪石驻风萍。

吊脚楼前望，尘嚣已暂停。

注：明星，指有明星曾在此拍摄电影《芙蓉镇》。

（发表于 2021 年 4 月 23 日《中国楹联报》"诗词园地"栏目）

## 游高椅古村

惊村非客意，疑似入桃源。

偶有招呼起，浑无市井喧。

祖居连古巷，木屋傍幽垣。

犬吠童儿看，门帘时一掀。

## 游玉泉溪峡谷

倏然开阔处，无限好风光。

壁立青山秀，云浮碧宇茫。

杂花姿淡淡，飞瀑势泱泱。

回望盘旋路，幽悠似惯常。

（收录于《当代巾帼山水诗词选》）

## 湘西天问台

孤迥云深处，青山空四围。

听风随意拂，看瀑等闲飞。

静里无悲喜，心中了是非。

问天声已绝，犹自石巍巍。

（收录于《当代巾帼山水诗词选》）

## 自在庄园饮茶

袅袅凉风荡，蝉鸣杂鸟鸣。

庭柯飘落叶，园卉寂残英。

友约窗前坐，心安陌上行。

休闲繁市外，茶淡我心清。

## 游枫香瑶寨

名中雅意浓，引客兴冲冲。

馆院疑堪赏，桃源信可逢。

枫香空署字，寨小不迷踪。

一目风光尽，何妨笑里容。

## 地笋苗寨

野草连空寨，犹疑梦里行。

鼓楼悽有影，游客渺无声。

路旷村场杳，阶幽古树茕。

唯馀佳气永，脉脉至今清。

（发表于 2024 年 07 期《中华诗词》）

## 题沙洲村

相因半条被，名字始风流。

已是精神胜，谁知景色优。

浮云闲远岫，映水满新楼。

帜艳通衢净，诱人行且讴。

（发表于《湖南诗词》）

## 题深山一树红叶

远远红光现，嫣然夺我睛。

心朝图画动，身向树丛行。

千叶鲜林霭，四围幽草英。

居深何厌客，风舞似相迎。

# 春 分

休惊农事急，景物已春分。
草色浓堪画，花香远可闻。
雷频甘雨润，日渐好风薰。
最喜天真处，纸鸢浮碧云。

# 赞医者

悲逢别样年，却有爱齐天。
衣蔽眼中俊，汗弹心上弦。
小家因职远，大义为民瘁。
每望常生敬，愧吾难尽宣。

# 咏铁路列车员

明知前有险，偏向险中行。
打扫屈伸巧，巡查来去轻。
扶携犹未怯，风雨不曾惊。
一罩病能隔，丹心无限情。

（发表于《中国铁路文艺》2020 年 10 月下半月刊）

## 梦中浮石烟村

未见犹相识，烟村梦里来。
波清疏苇绕，山碧几花开。
稚子寻泥笋，农人摘菜苔。
猴岩传说处，岁月远尘埃。

## 咏牡丹

胭脂众牡丹，自古足奇观。
香散云霄上，天然锦绣团。
多娇教女妒，富丽令人欢。
欲说花王事，从来咏不完。

## 题双峰县泥湾古堡

年年矗未移，故事几人知。
斑驳何幽寂，玲珑已钝迟。
村新频入画，堡旧怯成诗。
非是容颜老，荣枯自有时。

## 今日厚德堂

一堂何可永，万事竟如烟。

梦近谁耕地，心高欲倚天。

旧门行里过，新屋望中连。

寂寂禹祠外，空嗟岁月迁。

## 游大丰源

流连已忘返，疑在武陵源。

笑有儿童戏，欣无市井喧。

清溪堪浴鹭，叠嶂可飞猿。

尤喜多情柳，翠帘风里翻。

## 立春节气遇小雨

春风又上台，美景任伊裁。

暖得莺初啭，静催花正开。

柳条将摇曳，烟雨渐徘徊。

草木转犹绿，人生岂复来？

# 长 城

独立高台望，风光似画坤。

浮岚烟不断，旷野翠无垠。

浩荡形如激，蜿蜒势欲奔。

抚砖重级看，多少枉劳魂？

# 游九天洞

幽径入烟繁，方嗟世上喧。

壶天谁问界，洞水不知源。

窄处人螭壁，宽时柱满轩。

玄机尤在顶，九穴达无言。

# 霜 花

深秋晨野炫，草木尽珠星。

洁白生瑶色，玲珑化玉形。

风吹随意散，日照等闲经。

来去非关兴，恬中真性灵。

## 游张家界黄龙洞

莫道神工巧，应知别有天。

一河穿九域，万柱矗千年。

惊阔音回荡，叹凉思欲翩。

无尘方半日，已作洞中仙。

## 上班途遇红千层花

嫣红一树诗，邂逅恨来迟。

啼鸟争夸艳，春风醉绕枝。

层层何得意，朵朵正当时。

颓废尽休矣，精神立抖之。

## 提前看荷

虽是未当时，风流已满池。

含苞娇意态，绽蕊媚人姿。

欲近难容入，恐惊聊自持。

匆匆游易毕，余兴漫成诗。

## 银子岩溶洞

两重殊世界，一入隔炎凉。

酷暑惊初远，清阴惬未央。

观幽思遁隐，抚迹问行藏。

唯有声声慢，流泉岁岁长。

## 重庆之山城步道

闻道正通幽，登阶款一游。

人声惊窄巷，门掩叹空楼。

安坐为谁候？居闲无处搜。

茶棚还复立，不见旧风流。

## 游贵州黔灵山公园

清寒诚可怵，游兴更能高。

山水如佳丽，登临倍自豪。

禽皆闲款款，客共乐陶陶。

犹有猕猴近，围观任贬褒。

## 夏夜公园游

霞消时暮起，风动意先倾。

散步逍遥漫，闲谈笑语盈。

听歌心欲醉，看舞虑犹轻。

乐里炎蒸淡，栖蝉偶一鸣。

## 秋　风

无端轻自拂，却动旅人心。

黄叶惊初落，尺书悲未临。

乍飞云雁影，犹带故园音。

一阵飘而过，愁思梦里寻。

（收录于《诗国》2020 年第一卷）

## 飞　云

似絮如烟不定踪，卷舒来去任从容。

闲而静默悠悠永，飞过人间多少峰。

## 早春草色

参差色变未曾匀，半尚枯黄半绿皴。
却立东风多意态，挺然浓淡各精神。

## 过怀化烈士陵园

细雨阶前脚步轻，丰碑金字望分明。
可怜幽寂陵坟里，各是谁家弟与兄。

## 端午香囊

藤缠蒲艾束成囊，门侧高悬静散香。
辟毒驱蚊难尽信，一家吉梦已无藏。

## 赞月季花

谁道花无百日红？偏能任意不随风。
奇哉四季如霞绽，教客疑春尚未终。

## 入党二十三年

小巧徽章黄映红，无声璀璨路途中。
任身静退初心在，为国为民千载同。

## 夏夜宿借母溪村

蛙鸣如鼓撼楼窗，无迹虫声漫欲狂。
唯有山风多体谅，轻柔抚客入甜乡。

## 凌晨二时被窗外老鼠打架惊醒

或恐即时将下台，偷乘夜色爪牙开。
果然鼠目难成寸，为饱贪心捣乱来。

## 题中国结

密织柔丝寄意深，欲藏还露不须寻。
彤彤色与祥云共，一似万千中国心。

## 雨中桃花

一树桃花耀雨天，十分诗意醉云烟。

人间自有春光在，莫道阴晴莫羡仙。

## 台上草莓园

珠悬叶下散清香，莹目怡心不忍尝。

一片绿红浓似画，教人疑惑在何方。

## 康龙瀑布

飞珠溅玉欲成波，一路无心一路歌。

岂管前行多险峻，江洋自在梦中婀。

## 菜地旁小野花

茁茂青蔬壮硕瓜，丰功自引主人夸。

可怜灿烂凭谁问，空艳篱边枉献花。

## 柳　絮

风吹似雪忽腾涌，一望濛濛心目悚。
乱簇轻浮却有情，纷飞只为传佳种。

## 赞高铁

吊楼犹隐色还萋，忽转繁华照眼迷。
喜信迢遥何足叹，日驰千里到京西。

## 题北海银滩垃圾桶

风情堪比俏佳人，姿色难同伙伴皴。
不敢位卑多杂乱，一从胜景共无尘。

## 夏夜院里闲读

虫声灯影两悠扬，缕缕轻风静拂裳。
好学星星痴似我，遥同凝目看文章。

## 永定土楼喝摔碗酒

谁在风前邀饮醪？呼来逸兴比楼高。
彼时也学绿林汉，仰脖而干气自豪。

## 城之夜灯

万家灯火不堪观，独步街头增感叹。
夜夜他乡儿自处，如何禁得望中酸。

## 家肴米粉早餐

一任烹调未有方，偏宜疏食韵尤长。
平生品尽几多味，思量无非此最香。

（发表于《中华诗词》2018 年第 5 期）

## 贺我国第三艘航空母舰福建舰下水

吨承八万却身轻，喜展红旗浪里行。
最是开眸高妙处，电磁弹燕海鸥惊。

## 隆回花瑶景区印象

村已振兴名已扬，新楼远客遍山庄。
最欣满目喧嚣里，云影花瑶未退藏。

## 《只此青绿》舞蹈

软舞轻轻不动埃，美人款款画中来。
纤腰高髻妖娆里，是幻是真何必猜。

## 题世界杯球迷

盛服今朝妆与谁？情牵场上意相追。
涂鸦满脸君休笑，同是当中奋一麾。

（发表于 2018 年第 11 期《中华诗词》）

## 世界杯观罚红牌

犯规未必全无意，求胜从来倍有心。
昂首登场低首去，功名一梦已难寻。

（发表于 2018 年第 11 期《中华诗词》）

## 借母溪之溪

自在潺潺绕岭欢，轻流日日不能完。
涧边鸟语无终复，石上鱼儿游里安。

## 梵净山

湿翠天然大氧吧，林深岭峻四时华。
清闲直羡风中鸟，跃舞欢歌好个家。

## 冬日梅花

莫叹清寒褪太迟，且看暖色已盈枝。
含香数萼亭亭立，带梦春风正四驰。

## 在塞北

飘零我向叶看齐，不问归程不自悽。
来去茫茫终在地，何愁南北与东西。

## 国庆天安门广场 18 米高的巨型花篮

红绿纷呈靓影高，腾云瑞气漫滔滔。

鲜花识得国人意，安立秋风也自豪。

## 被钓之鱼

本来万事不关身，曳尾弄波河海巡。

岂料贪心吞一饵，于今化作碗中珍。

## 访厦门大学因故不能入内

闻名已久慕成痴，何奈无缘初见时。

聊为此番弥小憾，隔墙窃得几行诗。

## 中秋忆母生前吃月饼

啜轻腮动假牙忙，笑靥如花连说香。

最是傲骄儿女赠，窗前久伫唤邻尝。

## 女儿初中时赠送的母亲节礼物

宝物人间未有垠，惟儿赠礼最堪珍。
精粗贵贱何须论，我自常瞧不厌频。

## 芙蓉镇荷花

芙蓉镇畔水芙蓉，姿色难和别处同。
一片接天莲叶碧，几枝菡萏意无穷。

## 花海中的小姑娘

花儿艳丽又何妨？我且和她比一场。
同在春天图画里，迎风齐放共昂扬。

## 农庄初春

无边翠绿似开颜，几朵娇红点缀间。
木屋人烟偕共隐，鸭如醉水水如闲。

## 摄 影

将心尽寄镜头间，万象红尘各驻颜。
莫道风光随手入，谁知滋味几曾闲。

## 春到沪昆线

谁将水墨泼云天，染艳群山入美篇。
溪唱欢歌花起舞，长龙飞影任风颠。

## 咏 纸

由来慧质此中存，万物天机底里温。
对错白红凭一写，真真假假任人论

## 咏旗袍

展尽玲珑裹细腰，一丝一扣见功饶。
风情万种何须鉴，韵雅自然无限娇。

## 下厨随感（通韵）

既做羹汤又做诗，情思灶火两相依。

有滋有味当如是，自乐自娱心自怡。

（发表于《中华诗词》2017 年第 12 期）

## 过赤峰遇暴雪

飘摇飞雪似封门，天地茫茫昼日昏。

首过赤峰堪盛礼，怜吾疲倦未留痕。

## 列车即将驶入湖南

千里归来样样新，倚窗我自望频频。

依然最美家乡景，山水怡人草木亲。

## 千岛湖之晨

他乡冬亦未艰难，山色湖光静里安。

千岛佳名非漫幻，如螺细簇不能完。

## 办退休手续

门关车去未惊尘，资料全交退隐真。
一别江湖休万事，从今是个久闲人。

## 除　夕

蒸鱼炖肉香盈府，笑靥红包争媚妩。
似妒人间年味浓，雪花窗外乱飘舞。

## 中方县斗笠

中方斗笠秀姿娇，风韵怡人引客瞧。
妙手勤劳能致富，湘西旧曲唱新谣。

## 大雪节气无雪

此际何当雪絮飞，偏呈晴朗气相违。
从来多少书中事，一半真诠一半非。

## 雨 荷

碧伞撑开珠玉贮，红蕖带雨更含娇。
境佳浑似名家画，却乃天成不用调。

## 岳阳楼

登阶轻上岳阳楼，阁静檐飞瓦色幽。
千载浮烟风里逝，唯余云水共悠悠。

## 雨游东湖

烟雨笼湖仙境幽，轻波起雾晻云稠。
水天廖阔沧桑远，闲步柳汀浑忘忧。

## 题映山红

一片殷红为哪般？俏而不语映烟峦。
鲜妍纵好难长驻，倾尽光华只自安。

## 纷飞的银杏叶

片片金黄入画图，天成诗境韵成殊。
谁言落叶多萧瑟，请看腾辉浑不符。

## 也题雪

从来高冷似仙娥，素面长裙轻路过。
其实身心皆献瑞，何妨正气带亲和。

## 装裱珍藏字画若干

丹青妙墨不须妆，映眼工高自耀芒。
今作如花添锦上，裱牢挂得满堂香。

## 咏　兰

幽姿不与众同芳，身爱静阴心向阳。
寒露西风深涧畔，无人亦自散清香。

## 大雪节气又大晴

晴阳朗照雪毫无，名未真归气象殊。
莫讶回回多紊乱，几时天意不含糊。

## 冷雨中山茶花

红绿相依绽满坡，连天冷雨又如何？
等闲待得春风拂，自引蜂来舞态多。

## 朗江垂钓

朵朵轻云岭上飘，层层细浪水中缭。
持竿不顾多馀事，且与鱼儿相互瞧。

## 赏画展即兴感吟

依旧湘西多怪才，从来雅俗共同来。
鱼儿游戏涛声外，梦里荷花次第开。

## 自家小菜园

恬在地头何可言，椒青茄紫蔓腾掀。

篱边鸡犬篱间蝶，小菜园犹大乐园。

## 晨五时见清洁工工作（中华通韵）

有人犹梦有人为，尚未天明帚已挥。

最是寒风无善意，东西南北乱相吹。

（发表于 2021 年第 10 期《中华诗词》，收录于《湖南当代女
诗人作品选》）

## 诗友聚会

声惊冬夜影婆娑，把酒闲聊乐几何。

休道经年难一聚，重逢依旧叫哥哥。

## 中华诗词己亥笔会散会

烈日依然耀这方，风飘海岸亦寻常。

谁怜聚散匆匆里，半是归心半感伤。

## 题宠物鹦鹉

犹记林间跃且鸣，追风觅食自盈盈。
奈何今日笼中苦，学舌聊为一点羹。

## 延安窑洞

户小窗幽貌似弓，门开洞见室如同。
暑无酷热寒无凛，诱客惊奇争住中。

## 瞻西安张学良旧居有感

风流未识已云烟，依旧美名今古传。
成败是非何足论，半生抱负半生蔫。

## 游寒窑有感

一窑惊艳几多年，无比深情岂化烟。
莫论今时和古代，真贞二字最堪传。

（入围华夏杯全国第二届"相约七夕"爱情诗歌大赛）

## 游漓江

果然秀水映玲珑，一画天成看不终。
万语如诗欣欲吐，奈何笔下叹词穷。

## 老夫老妻看电影

几分幻也几分真，光影迷之似忘尘。
莫问其间谁出色，吾们皆是戏中人。

## 咏秋菊

偏将璀璨曜霜秋，未与春花比媚柔。
一片芬芳谁不赏，从来傲骨最风流。

## 庆祝新中国成立 74 周年

红蓝花艳瑞香浓，四处旗飘喜且恭。
万水千山争庆贺，也多光彩亮彤彤。

## 海洋心声（通韵）

烟水连天翡翠铺，生灵皆润赖其福。

澄深一梦长坚守，但纳清川不纳污。

（《中国红馆》第二十二季《海之声》推优）

## 咏　牛

俯首前行背架犁，无心南北与东西。

休言脾性何其倔，一片忠诚映稻畦。

## 咏梨花

白锦无纹香烂漫，琼葩玉树绝尘姿。

天然与众殊颜色，却爱迎春并有诗。

## 途遇油菜花

谁施妙手绘金黄，图画自然花正芳。

造化初衷惟作菜，无心却赐美风光。

## 春游总难约成行

一树花红一树诗，风光无限惹人痴。
欲邀好伴嬉游去，却各繁忙总不支。

## 杨家埠木板年画

休言土俗似村蛮，多少神来尺地间。
浓厚长存犹五色，谁能一睹不开颜。

（收录于《诗词达人写寒亭》）

## 咏寒亭第三产业

古地焉能仍旧貌，顶头寒国出奇招。
纷纷落户高端尽，共展新篇景色饶。

（收录于《诗词达人写寒亭》）

## 与敖汉旗作协崔主席朱主席等诗友聚

任风敲牖任灯昏，团坐随心诗酒论。
塞北谁言秋日冷，欢声满室胜春温。

（收录于《谷乡绿韵》）

## 游玉龙沙湖因暴雪而未成行

黄沙大漠梦中悠，欲识真容谁与谋。

暴雪默声如笑我，有缘无分且羞羞。

（收录于《谷乡绿韵》）

## 过赤峰遇暴雪

飘摇飞雪似封门，天地茫茫昼日昏。

首过赤峰堪盛礼，怜吾疲倦未留痕。

（收录于《谷乡绿韵》）

## 大雪夜内蒙古返程归乡

依依雪夜返潇湘，故里可曾同此凉。

落絮飞花皆不带，浓情已作一包装。

（收录于《谷乡绿韵》）

## 在自家的山庄玩乐器

吹我口琴调我笛，自娱自乐自家听。
鱼塘幽水风萦院，柴火盎盆茶贮瓶。
啧啧雀儿无事闹，悠悠云朵偶然经。
繁忙犹有呆萌犬，逗鸭陪鸡总不停。

## 我家的自在庄园

我已怡然作园主，乐山乐水趣无边。
林中自啭幽幽鸟，池面犹尖小小莲。
木屋袅烟安日落，竹篱护院许风穿。
余生可在其中老，学得麻姑不计年。

## 诗赛网络投票

荣幸入围将票投，量多堪喜少堪忧。
亲朋美意云端撒，师友热情网底求。
时一惊窥时一转，半含媚笑半含羞。
徒劳场上诗文外，戏自高明岁自流。

（发表于 2023 年第 12 期《中华诗词》）

## 观央视 "开学第一课" 之连线宇航员太空课堂

有心万里可相通，课授云霄入眼中。
稚子英才皆切切，人间天际两融融。
言行竟自舱前式，问答非唯嘴上功。
望处眸凝多畅想，来年我亦赴辽空。

## 春　郊

人家掩映菜花中，黄绿苍茫看不穷。
碧草芊芊盆篱陌，青林郁郁立春风。
时听随处娇莺啭，更见何方野鸟冲。
唯有木楼难适衬，衰颜与我一般同。

## 购得新车库

宝驾何堪无定所，今朝有幸住新家。
小区难把空间觅，大路恐逢交警查。
久叹日侵兼泼雨，还忧谁刮偶成花。
终知万事皆能了，卷闸门开我笑哗。

## 公园慢跑步

纵然纤足畏狂奔，小跑悠悠亦爽魂。
径路初宽风可语，尘埃暂远树相跟。
出林鸟雀歌欢起，见礼翁婆齿序尊。
气弱路长何可畏，天高地阔壮心存。

（发表于 2021 年 04 期《中华诗词》）

## 咏铁路供电职工

为保车龙驰四方，奋身日夜不辞忙。
三更修饬随星月，千里巡查任雪霜。
冒险无声和电斗，登高有劲若云翔。
妻儿昵昵凭谁诉，但听风中响带锵。

## 喜得《一天一诗（集）》

午梦尚酣谁叩门，新书一接遣昏昏。
金黄封面莹人目，素白版章清我魂。
不赘不吹端可贵，有名有实读弥尊。
荣刊拙作某何幸，沾露借光深感恩。

## 咏湖南省博物馆

殊珍无限此中藏，静把湖南辉赫扬。

楼耸云开荣数世，庭宽气肃震诸方。

帧间透出豪融雅，灯下望来冷愈光。

欲问经年多少事，一从入馆必谙详。

## 身着"解放台湾"字样文化衫的龙舟队伍

稳楫齐扬似驭风，飞流破浪向前冲。

争先队列轻装疾，"解放台湾"大字红。

两岸人惊嗟往事，一时欢沸响晴空。

有谁还屑输赢问，纵得无名势已雄。

## 吃豆花

曾经小吃不风光，今日终登大雅堂。

数豆珠圆添妙韵，清梅玉洁散幽香。

咸甜滋味能如愿，浓淡心情自在肠。

未必名高人共赞，细微有得亦成章。

## 游京城北海公园

一苑妍华处处诗，自惭今日咏为迟。
波平湖阔游船戏，园静寺深吟客痴。
宝塔祥光容我染，画琅古韵令人怡。
和风偶拂轻撩柳，似惹犹矜惜绿丝。

## 三十年后重游常德

何堪半老返常德，物是人非浑不识。
道路纵横难任猜，市街左右犹凭臆。
无心赏那崭新容，有意寻看陈旧色。
始叹光阴未枉流，既成变化还成忆。

## 观 2019 世园会花卉

何处花能百日红？今朝绮梦未成空。
迎人朵朵香而粲，过雨丛丛润与融。
逸客忘机多逸兴，神仙有意荡仙风。
虽然不到蓬莱境，也得良辰乐事同。

## 悼凉山救火英雄

谁堪火孽忒无情，竟使人间失弟兄。

造物如欺身影倒，阴阳遽隔墓碑横。

也曾梦里风光妙，犹记军中神采英。

最是凄凉惟父母，从今何处唤儿名？

## 夜宿凯里

未输都市小城喧，竟夜车声听不眠。

山近何曾离世俗，楼高人自似神仙。

还思地净清风爽，好在街新皓月圆。

遣兴闲吟愁复喜，赏心由我岂由天。

（发表于 2023 年第 12 期《中华诗词》）

## 感武斌兄京城宴请诗友

异乡远客许逍遥，良友同欢兴且飘。

席满佳谈堪自在，杯盈醇酿又相撩。

做东虽是江南雅，领率何妨塞北骁。

最爱张张酣笑脸，红红恰似美人蕉。

## 于千岛湖观赏 2023 中华吟诵大会吟诵展演

莫讶寒冬暖意融，吟音激越正无穷。

氤氲山气添诗气，澹荡湖风杂古风。

汉服楚冠仪并美，琴歌清调梦相同。

最欣童叟齐登献，国粹传承在望中。

## 西江千户苗寨小吃街

未识山珍何美味，已闻小吃满街香。

白毛豆腐腊猪肉，青叶糍粑酥葛糖。

酒暖易醺撩客饮，薯蒸将熟诱人尝。

养身我自逡巡过，欲啖难为聊一望。

## 诗词赛事何其多

多若牛毛入眼频，非烟非雾感氲氤。

才看刊启赛音肃，又听群传诏令谆。

盛事名城堪颂咏，小题大作亦精神。

你方闭幕我开幕，一片繁忙不厌辛。

## 劝夏蝉

天生暑气暂难消，何必声声空唳嘹。

烈日足时无爽味，浓阴深处有清飙。

莫如心静凉须到，应信梦回怡不遥。

今学雀儿枝上看，殷勤劝说语哓哓。

## 赞铁路卧铺专列接务工人员返乡

腾龙飞掣不停留，相带春风向故丘。

坐卧如家欣旅逸，通行是客悦情柔。

三千里路谈和笑，几十时辰茶与馐。

忽现川原窗渐白，翩然一梦到村头。

（发表于 2022 年 2 月 18 日《中国楹联报》"诗词园地"栏目）

## 玄奘大师

毕生梵法探茫茫，梦里何愁驿路长。

漫漫黄沙知劫难，悠悠西域记沧桑。

因传禅道春秋寂，为译经文日夜忙。

若问高僧成佛未，无声青史炫神光。

## 初学种菜

娘子田间妆束素，人生半百学耕锄。
携筐细拔杂然草，汲水勤浇旱日蔬。
汗雨滴成污扑扑，泥香泛出乐如如。
只怜夕落归来后，起泡掌中疼且歔。

## 《跨过鸭绿江》观后

莫向屏前话短长，舍生卫国自流芳。
火蛇舔处身仍伏，雪被埋时神不僵。
敌布飞机撒鹰犬，我凭坑道御豺狼。
至今无尽忠魂气，犹逐滔滔江水长。

（发表于《中华诗词》2024 年 08 期）

## 西江千户苗寨夜景

一面山坡万点光，颇疑遍处是仙房。
翠微灯色两交映，炎昼车声俱隐藏。
楼似星河排缈缈，寨如宫阙耀煌煌。
归来莫道此中事，恐有高人笑智商。

## 邂逅油菜花

悲喜何如放一旁，埋头且自嗅花香。

纵然梦想怡心目，争似春风润肺肠。

有色惊天欣至极，无声蔽野美而彰。

偶来莫笑空留影，已纳些些诗里藏。

（《中国红馆》推优）

## 我 12 名特战女兵完成高原跳伞

直要雄鹰逊傲狂，也能浩宇任翱翔。

气迎渺渺神仙境，声护融融舜禹乡。

顿觉高原烟可靖，还看大地事仍忙。

天兵升降称潇洒，巾帼争先已不妨。

（发表于《中华诗词》2022 年第 2 期）

## 初秋野钓

随堤闲坐忘西东，谷静竿长神脑空。

岭上游云波上影，枝间飞鸟草间虫。

无妨湿气甘蚊绕，不费流阴任日烘。

我钓鱼儿鱼钓我，悠悠互看两融融。

## 辛丑春日过芷江

春日无心认路标，一时到此似相邀。
受降坊外和平馆，妈祖庙旁风雨桥。
江上烟犹浮蝶梦，坪前客正沸歌谣。
鼓楼锤歇雄声在，长伴湖山远世嚣。

注：1945 年 8 月 21 日至 23 日，侵华日军投降代表今井武
夫代表日本政府在湖南芷江向中国政府洽降，为纪念这一重大
历史事件，国民政府于 1945 年 8 月在芷江修建了抗日胜利受降
纪念坊。芷江系继南京后中国第二个"国际和平城市"，有内陆
最大的妈祖庙（天后宫）、最大的侗族鼓楼群（万和楼）、和平
纪念馆以及侗乡风雨桥。

## 夫妻深夜偶聊百年后

暝色浓浓散不开，氤氲怅绪逼人来。
死生自是全无谓，离别须知更可哀。
已恤牵牛思织女，还求化蝶学英台。
两双灯下昏花眼，你瞪我瞅同发呆。

## 夏夜观赏肇庆七星岩音乐喷泉

忽而奔放忽而柔，引诱分明为我谋。

几曲声清人寂寂，一池艳绝意悠悠。

何妨见色心先动，已许添凉水自流。

恍惚仙凡难再隔，晚风祛暑惬无休。

（发表于 2019 年 8 月 9 日《中国楹联报》"诗词园地"栏目，收录于《翰林秀粹集》）

## 黎平会议纪念馆

莫讶街声掩小楼，非凡史料此中收。

红军憔悴屏前现，白色迷漫壁上浮。

幸得伟人颠窘局，敢思奇策竞豪游。

回瞻却怅馆何简，几室寒厅物半筹。

## 春之落叶

谁道凋零秋独有？怜春落叶随风抖。

莺歌嘹亮唤游真，日影参差凝望久。

新绿从来兴更添，枯黄自古情难受。

同逢一季命无同，虽谢犹存魂不朽。

## 阳雀坡村观戏（中华通韵）

晕车冷雨又何干，犹抱激情向大山。

未入早将楼影见，初临已有乐声传。

村醪一盏浇心醉，土话三番忍笑难。

莫道俚俗不高雅，民风自引客游观。

（发表于 2021 年第 3 期《中华诗词》）


## 游洞口县罗溪森林公园

久知心静自然凉，更喜林幽好地方。

正睹野霞纷掩映，忽闻啼鸟竞悠扬。

潺潺水解炎炎燥，袅袅风传细细香。

暂得一游消伏暑，人间此际胜天堂。


## 无　题

从来儿大不由娘，兀自前飞向远方。

未舍焉能留步固，为寻岂可倚身旁。

终归海阔犹无际，仰望天高更有光。

奋翅有谁怜寂寞，空巢徒自叹声长。

（《中华诗词》2019 年 9 月金秋笔会优秀奖）

## 赞广铁集团抢运物资驰援湖北

高义长存总不辞，每逢大局尽能支。

敢言似海将情奉，且看如风向险驰。

载去车车无价物，还来处处有神姿。

功成一笑旋归后，依旧前行犹昔时。

（发表于《中国铁路文艺》2020 年 10 月下半月刊）

## 野　钓

水清难免是无鱼，何况风来拂浪徐。

河畔垂垂飘细柳，路边郁郁列青蔬。

偶逢鸭泛同娱此，更喜鸟啼能慰予。

且抱钓竿眠一觉，闲心篓外任盈虚。

## 赞广铁调度所伍警与医护未婚妻因抗疫取消婚礼

花轿无登却逆行，洗妆应令各从征。

人生大事怜他小，眼底巨魔传我狞。

身在危途偏好梦，心怀高义最深情。

归来再作新婚祝，不负韶华不负卿。

（被评为湖南省文联阻击新冠肺炎主题文艺创作优秀作品，
获广东省文化学会、中共广州市天河区委、广东省体彩中心第
二届体育彩票"红色日记（战疫日记）征文大赛"特别纪念奖。）

## 湘山寺

竹密峰高苍翠间，幽阴一寺惹人怜。
诗情几许吟犹在，兵燹三番忆惘然。
物外安知尘世事，个中难问老僧禅。
盛衰皆去再无返，惟瞰滔滔锦水连。

## 杜鹃草堂观吟

胜游何必访仙垓，佳境草堂迎眼来。
霞岭云飞连物外，桃源涧响碧林隈。
多情野雀时相语，无数杜鹃春自开。
好景赏心浑忘返，不妨信步久悠哉。

## 初夏的风

熏风徐处夏来临，裙舞神飞欢不禁。
翠叶无声成密翳，粉花失影入沉吟。
荡开湿气空中迹，拂动忙人野外心。
趁此温凉天正好，何妨同去访山林。

## 咏海棠花

雾雨氤氲雾雾袅，翛然灼灼漫成诗。

花香静散深深处，朵大繁开久久时。

高洁终无谀媚态，清新独有瑞妖姿。

只将心意倾枝献，春色因而别去迟。


## 自家种的时蔬

嫩蔬初摘入篮中，碧绿犹沾雨里风。

虽处城区无限好，常安郊外自然雄。

深心浇灌何曾懒，瘦地壅培终不空。

休道田园归兴渺，悠悠眼下已情同。


## 阿城感咏

未识阿城已慨慷，惊人史实尽辉煌。

女真赫赫豪华国，祖泽绵绵润大章。

黑土地中文化启，金源天下武威扬。

曾经盛世谁能比，遗迹纵横见福昌。

## 初 冬

况味初冬备可尝，已闻酒美火锅香。

闲情每许娱清夜，雅友时邀聚草堂。

带雨烟云犹断续，迎寒橘柚更芬芳。

人间百样始堪信，非是无心欠主张。

（发表于《湖南诗词》2021 年 01 期）

## 初冬山岭无名野果

玲珑撩惹意绸缪，穿棘俯身将彼瞅。

玉蕴山辉荣丽日，珠藏草泽艳明眸。

亦知野势尝难得，仍有馋涎滴不休。

惭愧俗心无计免，远观陶醉近思谋。

## 冬移阳台花草入室

忧冬来处是沉沦，我护娇娇忘苦辛。

作帐依墙离夜雨，移盆入室远寒尘。

技穷犹觅书中策，干冷何妨药里津。

看取仍然枝叶绿，苍天不负有情人。

## 狗尾巴草

无名岂必碍逍遥，别有精神别样娇。
野润悠悠滋素面，风来袅袅舞蛮腰。
人前浅陋难多看，雨后清新不胜描。
掩映高低虽百万，心闲天地自寥寥。

## 冬雨中公园小花

萧条世界几花红，一片春光入眼中。
娇瓣缀珠犹济楚，柔枝经雨更增雄。
何妨艳舞随寒气，但以佳观笑北风。
不用高人来啸咏，无心开落自成丛。

## 告别 2020

回首年来尽不惊，也无风雨也无晴。
新冠扰扰诗犹在，闲趣悠悠身自轻。
未负窗前佳景致，还安宅里淡汤羹。
时光且度且珍惜，任有衰亡向我迎。

（发表于《湖南诗词》2021 年 03 期）

## 三九感吟（限韵"垂"）

无非气候任天为，冷暖何须徒喜悲。

不怪当晴犹未得，闲看阵雪懒依随。

凭他雨细连连下，到处风狂肃肃吹。

最赏寒中仍有雀，枝头兀自戏相追。

## 六九之正月初三见闻（限仄韵"重"）

犹逢正月人潮涌，四处欢声娱意冗。

竞赏景观相驾追，争游灯海摩肩踵。

蟠狮各舞各豪添，老少同嬉同笑踊。

最喜会心春有情，和风丽日静新奉。

## 降温变天有感（限仄韵"重"）

由来冷暖凭天弄，谁可终生长得宠。

才有春风拂面吹，忽传寒意迎头涌。

果然雨雪乱争先，知否江湖惟自重？

毕竟阴晴没定方，何如坐看无哀恐。

## 七九之逢元宵节感吟（限韵"待"）

圆子依稀犹未改，曾经滋味复何在？

皮观五色竟无言，馅品群材思若海。

谁谓佳肴怡岁华？安知老节留风采。

忽传爆竹一声声，惊醒诗人奔己亥。

## 八九之己亥初想（限韵"春"）

中年依旧尽天真，夜想非非昼想神。

犹逐时风言网语，偶随野性化顽身。

豪情壮志常相有，懒意空怀总自循。

诸事无成君莫笑，本来俗世一凡人。

## 九九之咏春风

果然难阻是春风，所向无前朝气雄。

吹得凋残归共隐，染成浩荡转齐葱。

已知拂面人初暖，更喜销魂景渐融。

最爱儿童扬笑脸，送飞纸鹞上晴空。

## 初乘磁悬浮列车

能浮能跑妙如神，一试登程信得真。

可望风光悠与度，未须羁旅寂添醇。

还惊空轨空轮子，已喜安全安众宾。

最是欣怡声不噪，来无动静去无尘。

## 第一次收阅情书

怜予懵懂少年时，算是因君可入诗。

心系读书忙里静，屉藏来信望中奇。

始知世上多芳意，方觉人前惜秀姿。

转首茫茫烟雾远，无端忆得总迟迟。

（发表于中华诗词学会官方微信公众号）

## 第一次离家赴外地求学

离家少小竟何求，半是欢欣半是忧。

倏忽随风辞曲巷，苍茫入眼望高楼。

可怜学业时时急，还遭乡思夜夜收。

一事无成中岁后，回眸却自忆难休。

（发表于中华诗词学会官方微信公众号）

# 第一天上班

一身制服倍光鲜，步步如飞心若翾。

暗向书中求胜切，每从望里试新虔。

当时宠辱何堪道，此后人生信有天。

弹指韶华空去速，而今点检尽云烟。

（发表于中华诗词学会官方微信公众号）

# 第一次发表作品

忽传报信有名字，未及更衣人已至。

游目版间折又舒，俯身纸上看如醉。

劳心终化笔花香，好梦总成书卷意。

瞥眼流阴数十年，初衷若改谈何易。

（发表于中华诗词学会官方微信公众号）

# 第一次（亦仅此一次）当妈

曾经我亦是娇娇，倏忽惊成梦里遥。

何以无心人入腹，自怜过影旧蛮腰。

三更急急殷犹在，一种忙忙耿未消。

莫叹辛勤滋味苦，而今每忆似江潮。

（发表于中华诗词学会官方微信公众号）

## 观黔灵山猕猴同人嬉戏

四肢发达多灵巧，一尾风流任卷伸。
隐约高低怜苦涩，嬉娱境地见清纯。
曾经共祖知非客，依旧相亲不避人。
未必猕猴输与尔，应缘造化欠调匀。


## 己亥初夏梵净山

久闻幽胜美名传，拔冗今朝终近前。
未入犹临身已润，快呼徐吸气馀鲜。
层云满目相缭绕，一径依山自逐旋。
石笋因形迷客醉，纷纷疑道是神仙。


## 己亥初夏亚木沟

林密山高野径幽，行来如在画中游。
重阴润未传三里，飞鸟声先布四周。
两岸依然浮白石，一溪不断泻清流。
发图网上亲调笑，讶我今时喜入沟。

## 龚家湾感吟

迎眸景物尽萧森，还望古村嗟慨临。

不见含烟飘故事，犹闻破壁撼遗音。

保宁大义心相忆，剿匪雄风迹可寻。

却问英魂仍在否，独留空院引长吟。

## 闻陈毅元帅给娘洗尿裤有感

任是居高未乏贤，将军省母倍心虔。

蹲中诚意难寻古，洗里孝思堪动天。

柔抚衰亲揩老泪，细听叨絮解人怜。

从来大德同相敬，笃实于行更与传。

注：1962 年，陈毅元帅出国访问回来，路过家乡，抽空去探望重病瘫痪在床的老母亲，并把母亲藏的尿裤和其他脏衣服都拿去洗得干干净净。

## 游桃花源

为赴桃花一场约，车驰数里飞如跃。

风清日暖感非遥，云淡心闲兴不薄。

苑内浓于锦绣煌，枝头烂若红霞烁。

曾经世外在书中，今晓渊明无谬错。

## 瞻仰贺龙元帅故居

为瞻元帅故居尊，一路西驰转北奔。
两把菜刀传壮气，半生戎马见忠魂。
儿时已叹贫难养，晚岁谁怜苦更抡。
未必沧桑空自感，溪枯草乱尽幽痕。

注：贺龙为新中国开国元勋，1896年出生，自幼家贫，婴儿时吃百家奶。1966年~1969年受"四人帮"残酷迫害，1969年含冤而死，从入院至逝世仅6个多小时。溪枯指故居前贺龙桥下的鱼鳞溪已干枯。

## 瞻仰延安革命旧址

活水从来定有源，流长泽润岂能谖。
太阳光射盈云塔，要策声传出枣园。
黄帝陵幽还更静，杨家岭僻却犹喧。
延河且自心中淌，感慨萦怀何可言。

## 游南泥湾旧址

当年陕北好江南，已是寻常不可探。

稻黍闲中栖日影，牛羊梦里满山岚。

无言客路孤朝暮，有限人烟一二三。

引我诗情成旧事，精神谨记任遗谈。


## 己亥中秋遵义游

佳节寻欢遵义游，聊将万事息心头。

火锅烟霭风云渺，水酒香闲岁月悠。

不俗山城安且静，无言圣地敬来稠。

曾经荏苒今犹记，个里真知长未休。


## 瞻仰遵义会议会址

犹忆其间战正酣，徂征山北复山南。

前无栈道难千万，后有追兵徒再三。

到处骨埋随野径，几多血洒堕泥潭。

换来盛世人何在，惟剩英灵隐翠岚。

## 观遵义会议会址女红军合影

虽是戎装裹女身，跋山涉水未辞辛。

青春已见容颜老，弱体无嫌梦寐新。

每叹育儿难有命，何堪送子岂由人。

艰危岁月安能忍？不负初心一志真。

## 秋气今分夜渐浓（嵌此句入诗，限冬韵）

愁听风传何处钟，莫名思绪塞心胸。

蛙声昔共波微动，秋气今分夜渐浓。

难免烟溪浮落叶，暂无翠障裹青峰。

倏然寒露已将近，诡速光阴怅任从。

## 三访秦皇岛有感

仍然一水接天流，渺渺经年竟未休。

大浪淘沙终古有，孤岩浮海至今留。

烟云远近来还去，鸥鸟东西荡复悠。

三度相逢缘不浅，重临安用话因由。

## 秦皇岛海港区感咏

楼新地净韵无穷，到底高名传未终。

一片天青何雅淡，千年史隽自豪雄。

撩人只为澄溟海，醉客皆因爽岸风。

最愧词空难咏尽，二三聊作赞相同。

## 游天下第一关

恍惚盈眸烟雾茫，从前战事势如狂。

喧声何处犹催鼓，秀色当时应褪妆。

碑字经霜依旧肃，城砖映日至今强。

围中坚固谁能过，忆里雄威天下扬。

## 游华清池

谁管帝妃情与柔，闲行我自兴悠悠。

骊山叠翠仍堪赏，旧影浮烟何可留。

耳畔似闻连理愿，眼前尚喜合欢游。

凌空索道穿云过，一片风光看不休。

## 观秦始皇兵马俑遗址

每颂今犹科技新，终知昔更慧惊神。

依稀万队苍迎面，仿佛三军静化身。

点滴分明盔甲美，高低掩映表情真。

休言帝业垂青史，最是玄功属匠人。

## "购物节"有感

并非节日亦成欢，谁许寻端闹作团。

网络才惊优惠足，商场又见让酬宽。

琳琅无怪迷容易，吆喝终知信更难。

懒问搭台真假剧，独将好戏静中看。

（发表于 2020 年第 6 期《中华诗词》）

## 望桑植群山感吟

迥然世外好风光，倾首群山思渺茫。

似幻来生居此地，疑仙平日隐该方。

千忧但愿天边放，万事何须心上装。

怜我倏而均过客，匆匆岂及岭绵长。

（收录于《翰林秀粹集》）

## 中国国际轨道交通
## 和装备制造产业博览会参观有感

从来科技最当兴，感慨由衷望里腾。

无限奇方成妙器，几回幻想化殊能。

车行地轴风中去，架挂天梯云上升。

多少神工原是梦，今皆实现共嗟称。

## 上党课

谁言党课趣无多，吾视每堂为战歌。

政论珠玑辉颖耀，真知活力荡心波。

条条律似准绳索，句句规堪妙典柯。

荣是一员当自省，忠于信仰不蹉跎。

## 观游黄洋界

黄洋界上炮声隆，敬自氤氲意自充。

纵目群山何秀美，感怀千古旧威雄。

惊天士气拼能战，绝世军谋守作攻。

莫道青苍无异尔，硝烟散远岂相同。

## 参观井冈山革命博物馆

高楼长卷忽掀开，血史层层观里来。
星火燎原无易也，风云翻局实难哉。
信知胜地井冈始，更觉雄图忠烈裁。
每望而今千百福，精神万代太应该。

## 深秋郊游

适逢初霁喜郊游，漫觅清阴好片秋。
只道枯黄横野陌，那知细绿满田畴。
犹欣橘柚株株熟，更敬桑麻季季谋。
谁谓萧条方本色？四时节候各呈优。

（发表于 2019 年第三期《中华诗词》）

## 冬 柳

迎眸犹忆绿丝绦，忍看萧条伴野蒿。
每度寒侵无可避，一番叶落竟如逃。
乍惊冬雪同妆粉，已盼春风似剪刀。
且趁此时多蕴籍，青葱不日又陶陶。

（收录于《翰林秀粹集》）

## 接赴广州参加
## 广铁集团文联代表大会电报通知有感

节序凌寒意莫慌，讯传温暖赛春阳。

门前犹有街头雾，望里已无心上霜。

浩浩路遥行岂远，区区纸短读偏长。

情知击鼓挥旗日，又是迎风锦幕张。


## 观山东舰入列

荧屏注目喜辉光，心共碧波同激扬。

列队排风声浩荡，飞旌带梦意轩昂。

初开烟景试深水，已挂云帆欲远航。

休道无言威武著，安宁有信更恒长。


## 冬日附近小游

惆怅初冬何解颜？且行且探到田间。

依然有绿蔬呈茂，偶尔留红景未悭。

犬卧门前迎客懒，鹅浮溪上共人闲。

无声村落连坡静，已悟悠哉不畏艰。

（发表于 2019 年第 3 期《中华诗词》）

## 住院看医院雪景感吟

向来杏苑色凄怆，今日玲珑着淡妆。
且把烦忧相阻隔，还将病悴欲深藏。
冰清天地愁声静，玉润人间绮梦长。
但愿春风飘可至，共期潇洒好时光。

## 郊　游

病身将愈喜郊游，漫觅清阴好片秋。
只合枯黄横野陌，那知细绿满田畴。
犹欣橘柚垂垂累，更敬桑麻季季谋。
谁道萧条伊本色？时容节令各成优。

## 家中小植物

一隅秀色出阳台，几缕诗情望里来。
闲把春天心上种，静携伊梦钵中栽。
长教郁郁多芳意，不说亭亭得大材。
容我随风难妄动，管他红白有无开。

（发表于《中华诗词》及《中国楹联报》，收录于《翰林秀粹集》）

## 重庆渣滓洞(新韵)

翠岭深藏房几间，惊心曾是罪滔天。

可怜女子同兹蘖，每惜娃儿遇厄年。

遥叹英魂无数苦，细思盛世偌多甜。

始终大义焉能负，先烈精神代代传。

## 祭奠同事母亲之白喜事有感

难禁哀乐是中年，丧乱喧喧我独怜。

一世光阴如梦寐，平生悲喜化云烟。

当时且向台前舞，以后终须匣内眠。

夜坐灵棚空叹慨，默听风雨奈何天。

## 一九感吟

纷纷雪片下天庭，凛凛寒威未必灵。

早见望中连白白，更知卧底覆青青。

亦烦景致仍无相，应信梅花渐有形。

一九何须愁且怨，春风已近不能停。

(《中华诗词》微刊发表)

## 卖废品有感

谁言废旧只堪丢，自喜存多亦创收。
一点莫嫌休掷弃，几番常积任容留。
轻轻却得初成势，细细何妨渐欲流。
烟火寒家勤俭度，岁华长路且悠悠。

（获内蒙古环保征文大赛优秀奖）

## 感爱人首度参加单位重阳节活动

莫道老皆虚故事，倏然咱亦度重阳。
登高昔日新词赞，望远如今旧影张。
雨过山中收晚艳，风吹鬓角送微凉。
徒嗟少壮谁能永，但见云烟一漫苍。

## 九寨沟地震

何堪地震耸闻惊，一夜愁听风雨声。
漫道人生多绮丽，可知命运或无情？
传言最是天公善，谁料任由灾祸生。
独有将心投一处，八方共济早康平。

## 庚子国庆中秋

平生不爱人声闹，今听欢歌喜欲颠。
薄雾从来轻向后，清辉毕竟皎如前。
又还佳节得同历，谁复好怀无共翩。
最是慰心时换里，熙熙康乐正年年。

## 贺孟晚舟归来

莫道天涯归路长，终排万难返家乡。
三年扣押成凶梦，一纸书文感烈肠。
望处红旗分外艳，迎时金菊自然香。
翻飞银燕云欢拥，也共同胞十亿狂。

## 叹诗坛江湖

明暗迷人渺有无，世间何处不江湖。
随声笑语交犹在，隐影风云起未枯。
脱俗虽多吟静地，沾尘却自拓雄图。
个中奇景那堪看，惟远坛来独梦乎。

## 七夕梦笔

今夕银河灿陆离，鹊桥又引几多词。

魂寒影瘦皆还忆，缘重情深两未疑。

玉露凝清怜久别，纤云弄巧慰相思。

并非天不从人意，万事悲欢岂可期。

（入围华夏杯全国第二届"相约七夕"爱情诗歌大赛）

## 观遵义会议会址感吟

捷报娄山关里传，欢声犹彻沸云天。

乌江猛士初开路，赤水奇书四渡篇。

多会仍呼寻妙道，重成共识举高贤。

英明一转无穷胜，往事从兹忆每鲜。

## 西江千户苗寨第一印象

黔东南梦即将圆，百里疾行临寨边。

雨且潇潇欺远客，歌犹袅袅唤尊贤。

迎门女秀排廊下，触目云幽绕岭巅。

最是名无虚拟处，木楼叠矗满坡连。

## 西江千户苗寨

寨小何能名远传，今来胜赏信良天。

木楼麟次傍山列，云岭蛇蜿随处连。

望里阴浓通鹤梦，行中气爽隔尘烟。

陶公若到此神境，定赋新诗又一篇。

## 贵阳采风初印象

春寒料峭意无慌，依旧如期赴贵阳。

到底慕名犹耿耿，而今极目任茫茫。

举头总觉曾相识，开口才知非故乡。

萧瑟满城仍自惬，有心何处不风光。

## 自家地里摘时蔬

莫言辛苦莫言忙，累叶垂枝慰汗滂。

人有清奇能矫作，我无污染更安康。

归篮不计输佳色，入目浑如胜众芳。

得见收成心颇惬，惭叨拙语自洋洋。

## 元宵节吃汤圆

同样身形同样粘，如今入口不知甜。

莫非滋味封而隐？应是性情殊已恹。

犹忆儿时随意乐，方怜岁月比霜严。

观他静卧频停箸，容我幽思细细添。


## 己亥三月三地菜煮鸡蛋

只为千年俗里心，一锅煮得意何深。

荠娇正美清香浸，蛋壮犹鲜静直沉。

浮动色融无异味，氤氲烟袅有凡音。

非关馋嘴非关饿，食出安康最所钦。


## 咏山茶花

天生丽质未吹哗，与世无争悄作花。

静出清寒开雪色，安随荒陋遍山涯。

照眸红艳堪能久，通体用多真不差。

待得繁英纷满目，隐身入绿化油茶。

## 自嘲习诗之惑

写来写去渐惶惶，脑内空空笔下慌。

愧乏功夫难韵逸，期多本事任吟狂。

也曾实学一时兴，偶为灵机七字装。

叹罢还痴无罢手，俯身又入此中忙。

## 写在春夏之交

莫叹花无百日红，须知碧色韵堪同。

难招蝶舞枝头素，犹有禽歌叶里风。

自信清成闲冉冉，安逃艳遇静蒙蒙。

繁荫已待凉如水，炎暑必收深绿中。

## 纪念雷锋

服务万民心甚虔，从来名未与人宣。

家贫堪苦更追梦，个矮殊尊谁比肩。

技业专精疏扰扰，言行长善静涓涓。

形躯去久魂仍永，定格青春在昔年。

（收录于纪念毛主席"向雷锋同志学习"题词发表五十八周年《榜样颂歌》）

## 寒亭咏怀

好放风筝传古今，无关雅俗自遗音。

犹闻千载旧尘掩，更睹一区新貌临。

还有农工多大业，又逢国势足雄心。

潍河日夜涛声绕，应是含欣喜共吟。

（收录于《诗词达人写寒亭》）

## 2020 元旦阳雀坡做糍粑

锤飞上下暖烟飘，风散甜香把客撩。

忽忆儿时声促促，还惊梦里影萧萧。

尝来未必殊滋好，望处何曾景物韶。

却拥桌间争捏做，不知此乐是谁招。

（收录于《翰林秀粹集》）

词

## 最高楼·元旦登山

新年到，云散日华升。万象逐时更。远峰天阔光辉处，旷原风暖拂寒轻。再休嗟，堪望远，或听莺。

最好是、蕊香长馥郁。最好是、墨香闲静趣。欢自在，便安宁。有名山色妆清梦，无名山色慰馀生。放眉头，凝露解，陌阡明。

## 早梅芳·赞包机送大学生回家

天门开，云海绕，银燕飞仙沼。眸凝窗外，又近乡关脸含笑。才高心事苦，梦大年龄小。校园专送达，谁不叹高妙。

一时愁，尽散了。白日还同道。风轻而美，往复安然客知晓。疫情诚可恶，欢意须凭眺。算团圆，此最非草草。

（发表于 2021 年 2 月 19 日《中国楹联报》"诗词园地"栏目）

## 水调歌头·游平遥古城

初见已如故，毕竟久闻名。古槐枯柳犹立，夹路似相迎。触眼民居丛密，仰面门楼高矗，惚恍入明清。一种势无改，多少旧曾经。

大商铺，深宅院，绮窗棂。主宾何在？来去无影亦无形。苍莽城墙静屹，寂寞空街幽旷，喧闹杳难听。缓步登高处，日暖正风轻。

## 水调歌头·访定州博物馆

如梦亦如幻，一越五千年。骤然殊境奇遇，扑面自新鲜。满目盆瓶杯盏，欲问当时巨细，肃穆已无言。室静宝辉映，心醉步轻穿。

迷定窑，惊汉玉，叹铜棺。酷哉石刻，尊像菩萨驻慈颜。型有中山文化，魄有东坡星耀，浩瀚数难全。访罢频回首，馆屹暖阳闲。

## 鹧鸪天·大年初四郊游

佳节兴高天正晴,相携闲步岭湖汀。欢腾鸟戏野山醒,温软风吹绿水萦。

猜草色,鉴花形,萌芽万物夺双睛。春来自是心同益,老屐何妨又踏青。

（发表于 2024 年 3 月 1 日《中国楹联报》"诗词园地"栏目）

## 沁园春·立春后寒潮来袭

漫簌清寒,四野幽阴,千树容蔫。已韶阳遁影,温痕杳杳;冰胶冻地,雨雪绵绵。风卷犹狂,云低欲坠,恍若冬时复此间。幸梅早,任径闲人寂,似更含嫣。

因而莫自凄然,有无限生机弄影翩。看绿芽点点,红苞萼萼,草萌悄悄,笋竞鲜鲜。油菜新黄,映空醒世,顺逆从来本自然。休惧也,正春融万里,一往无前。

（百诗百联大赛初选入围）

## 卜算子·橘园田大嫂

手握剪枝刀，背负驱虫药。采橘追肥深浅行，汗水同光烁。

曾自貌如花，曾也心如跃。曾歇门前坐懵然，一梦随风掠。

（发表于2024年3月22日《中国楹联报》"诗词园地"栏目）

## 水调歌头·清溪村

疑入绮园里，恍惚画图中。广场雕丽花艳，齐焕碧云空。绿树青溪田垄，青瓦红墙农舍，步道往来通。巨变未虚拟，新貌已相同。

盛书屋，雄剧院，雅氛浓。共皆笑看，文化兴业正成风。名有立波经典，实有山河锦绣，宝地好从容。宜学宜游处，心往岂能终。

（发表于2024年4月8日《中华辞赋》微信公众号）

## 水调歌头·游橘子洲头

仰首簇团处，忍泪望中痴。满空云护霞映，天意正加持。尊像岿然不动，一似巍峨现影，家国又长思。意气浑无减，眉眼恍当时。

竹松青，春草绿，灿梅枝。自由万类，同秀恭请续新诗。澄碧湘江依旧，晴洒洲头无尽，老少恣游嬉。怀忆轻轻别，回眺步迟迟。

## 卜算子·瞻杨开慧纪念馆

石稳凤身雄，馆肃深堂静。无数殊常伟绩辉，熠熠眸中映。

梦在永青春，情切心坚定。稚子夫君家与国，重比如花命。

（发表于 2024 年 5 月 31 日《中国楹联报》"诗词园地"栏目）

## 鹧鸪天·退休夫妻种菜忙

蜂蝶时飞花草间，相撩小犬扑连连。挥锄开地随宜种，折竹成篱任意编。

你挑水，我浇园，春风漫绕在身边。何须还道平生志，山静泥香梦已圆。

## 水调歌头·李井滩
## 生态移民示范区告别"吃水难"

添一自来水，长调更悠扬。龙头轻扭开闸，清澈映砖房。盥澡无忧四季，煮菜无愁濯洗，同惬有牛羊。恍惚入仙境，疑似在天堂。

折旋路，遥远井，忆茫茫。费时费力，多少回返尽心伤。今已神泉入户，明更祥花连景，深感不寻常。信是春风到，幸福扁桃香。

## 齐天乐·冬奥会日渐临近

悄然随梦墩墩近，频来系心朝晚。点滴谙详，参差看尽，难掩奇哉称罕。欢添无限。便冬日时珍，腊梅香暖。最动吟怀，几番巡视意情款。

仍多冠疫隐跃，但防非可怕，严检休倦。万水千山，寸心大念，还数平安共盼。佳期似见。恍冰上球飞，雪中光旋。寒日红旗，更将增仰羡。

注：墩墩指冬奥会吉祥物冰墩墩。

（发表于 2022 年 1 月 28 日《中国楹联报》"诗词园地"栏目）

## 水调歌头·甲辰夏登泰山

为览众山小，逸足勇登攀。任他焦暑炎日，挥汗若流泉。未有威风尊驾，却自雄心假马，影弱亦翩翩。欲进岂思退，无后只朝前。

玉皇顶，经石峪，碧霄边。豁然已晓，此会仙境也通禅。莫讶茫茫遗迹，漫道滔滔诗句，俯仰一身全。灵岳佳天地，高誉未虚传。

## 卜算子·窗花迎春

红照雪霜天，影弄梅桃朵。鹊踏枝如满喜声，年味油然妥。

但引福星来，还引春莺坐。更引清风驱尽瘟，康乐全还我。

## 水调歌头·平度2020公园

双色路平旷，密树绿泱泱。一湖烟袅波静，飞鸟正徊翔。草地辉鲜天阔，石刻形端态活，花发驻春长。莫讶江之北，秀竟比南方。

趣雕塑，奇小景，恣徜徉。最欢似梦，谁绣水幕灿晶光。晨夕心清游憩，养练身闲潇洒，事事且寻常。步屟忘回返，恍已醉仙乡。

（获"诗咏平度城乡之蝶变"主题全国征文大赛二等奖，2024年9月）

## 行香子·与老伴每日黄昏小酌劲酒二两

风送清凉，座绕清芬。更蝉鸣清唱殷殷。杜英树下，滩水河滨。惬自家院，劲牌酒，眼前人。

笑谈往事，幽潜杯影，任光阴付此微醺。盏中健体，梦里安神。看淡浓花，胭脂脸，火烧云。

（获劲牌杯"草本科技　健康生活"全国诗歌征集大赛三等奖，2024 年 10 月）

## 水调歌头·咏开国少将曹玉清（依龙谱）

新晃去时久，一别一年年。为谁北战南征，从此迥途艰。犹记英明暴动，更有投明跃踊，其势奋无前。伤重指挥飒，河险突围顽。

江原道，文登里，入朝援。岂曾止步，家国忠义每争先。常访农林水利，最念粮棉油事，巨细在心间。无限功勋赫，欲咏愧难全。

## 小重山·乡村秋日游

欲觅诗情与远方。快哉游野外、过村庄。皆非名胜又何妨。瓜果熟、无处不芬芳。

新貌灿秋阳。依山连画栋、共晴光。风吹袅袅帜飘扬。添多少、感慨满农乡。

（中华诗词学会官方网站展播）

## 小重山·中秋夜

皓月穿云挂树梢。银辉铺小院、为谁娆。斜廊把酒问青霄。四山静、风起桂香飘。

心事已寥寥。何妨无限梦、等闲消。且行且惜自逍遥。凝眸处、灯影两相交。

（2024年9月20日发表于2024年第37期《中国楹联报》"诗词园地"栏目）

## 定风波·漫步大运河畔

莫讶长流向未来。千年清碧不须猜。如梦悠悠波面静。安定。风风雨雨渺云涯。

景物时新沿岸秀。甘诱。花红柳绿画廊开。还望桥头歌舞沸。欣慰。任撩多少小情怀。

## 水调歌头·夫妻自驾赴南京溧水秋游

无意近和远，拾韵入其中。竟然山水楼阙，皆似老相逢。稻穗随风舞动，桂子迎人馥郁，如梦过西东。小巷漫红色，大泽湿青穹。

美鱼蟹，甘果栗，水杉红。不禁我你，情且淡话静从容。日照清阴如画，雨过幽光澄景，总是与心同。久步犹闲适，缱绻恣游踪。

## 浣溪沙·洪泽湖水杉林

近看成行远似烟。黄紫翠杂色绵绵。挺身笔直接云天。筏渡林中犹有影，人行画里自无言。孤椅静坐待神仙。

## 行香子·凌晨雨响忽醒而夫妻聊天

自愧还欣，堪叹还钦，竟闲聊不费量斟。四更殊候，暗室轻音。说天和地，中和外，古和今。

醒犹未起，慵来却笑，似悠悠一梦酣沉。诸言随意，万事无心。任雨霖霖，风飒飒，夜深深。

## 临江仙·山中闲游

雨罢云湿烟犹绕，徐徐闲步青山。早春兴逸岂知寒。苍苍林里，万事不相干。

风轻袅袅吹新草，壑深润气如攒。无尘无噪乐无端。悠悠蹊径，若隐若连环。

## 杏花天·咏"七一勋章"获得者黄文秀（中华通韵）

如花乍吐韶光嫩。竟日夜、繁忙为甚？蜿蜒山路犹深印，多少逆风前进。

悲命殉、惟香长沁。旧梦处、已非贫困。回乡反哺身心尽，一缕魂仍隐隐。

（发表于《湖南诗词》）

## 卜算子·咏诗人姐妹们

也是捧心娘，也是为妻嫂。也是人间子一枚，也有闲愁恼。

烟火自调红，反手誊诗稿。犹逐风花入梦长，不觉韶光老。

（发表于 2023 年 3 月 10 日《中国楹联报》"诗词园地"栏目）

## 春光好·早春山行

多幽兴，许烟缭，任风飘，半雨半晴天气，半山腰。

隐隐湿云啼鸟，葱葱野树丛茅。清气空濛人迹远，俗全抛。

## 卜算子·敬贺叶嘉莹先生百岁华诞

欣可弄花香，欣悉芳辰到。欣跃恭填拙一词，遥祝先生好。

诗是太阳灯，诗是忘忧草。诗梦酣甜水月掬，百载人何老。

（在 2023 年 6 月 8 日北京人美美术馆"好花原有四时香"叶嘉莹先生百岁寿诞诗词书法作品展展出）

## 定风波·瞻毛泽东故居怀念伟人

青瓦泥墙简陋家，风车石磨记桑麻。多少才华寒舍就，优秀。农家子弟走天涯。

迹静功高多感动，泪涌。水塘依旧满荷花。景晏居闲恩更念，天鉴，悠悠何日不思他。

（发表于 2023 年 4 月 7 日《中国楹联报》"诗词园地"栏目）

## 卜算子·湖南省妇联七十芳辰有感

谁植满庭芳，谁护春光艳。谁绕纤枝问暖寒，细语如灯焰。

七十载风云，功业天能鉴。却立潇湘梦无停，照旧深深念。

## 西江月·赞博凡酒馆美食

荷叶清蒸山药，虾皮小炒粗粮。核桃榨汁漫甜香，炭烤榴莲滑爽。

老醋自然归位，鲍鱼和露成汤。饼儿盖作海鲜裳，千种风情竞盎。

（获第二届"博凡老酒馆杯"全国女子诗词大赛二等奖）

## 望仙门 · 庭树下躺椅休闲

杜英荫翳盖犹轻，憩闲庭。老歌新曲伴风听，茗烟萦。

犬卧疏篱畔，时醒偶转眸睛。淡云来去似无形，似无形，何处雀儿鸣。

## 定风波 · 咏劳模王进喜

黑土深幽苦进攻，荒原井架建从容。力竭身疲仍挽袖，且吼，地球三抖识英雄。

一梦石油无限意，不弃。带伤奋战势还同。影逝魂犹仪后辈，堪慰，铁人含笑九泉中。

（发表于 2023 年 5 月 12 日《中国楹联报》"诗词园地"栏目）

## 看花回 · 冬岭邂逅山茶花

久在红尘扰扰间。终日难欢。偶来途遇山茶艳，正若霞、媚动心弦。萧条添烂漫，更映云烟。

杳蝶无蜂亦自妍。莫负芳年。陡坡幽岭寻常见，纵卑微、亦入大千。不闻天下事，相笑花前。

## 卜算子·咏杂交水稻之父袁隆平

一梦绕禾风，一世忙耘籽。一种栽培似育婴，一业传青史。

俭德入眸明，趣令亲朋喜。别后魂犹隐护中，日映千田绮。

（发表于《中国楹联报》2023 年 6 月 2 日"诗词园地"栏目）

## 定风波·吟屈原《九章（涉江）》

涉水穿山孑孓行，林幽云暗雨溟溟。牵马徐登犹怅望，迷惘，漂零老我向何程。

但对寒风空愤叹，不乱，忧心忠慨两翻腾。长路孤吟无限兴，谁应，苍烟湿气静萦萦。

## 千年调·迎端阳节

蒲艾傍门悬，清馥丝丝袅。定得驱邪纳吉，默然诚祷。窗前灶上，煮粽轻烟绕。风檐雀，但啁啾，喧亦好。

心安我宅，空寂犹牢靠。万事家福第一，渐老方晓。又迎佳节，寄意岂能少。纵如星，各天涯，情未了。

（发表于 2023 年 6 月 23 日《中国楹联报》"诗词园地"栏目）

## 千年调·端午遇雨

雨共入端阳，凶吉谁能卜。未免幽幽忐忑，四野环目。轻风过里，幸有馀香馥。犹架下，豆荚肥，瓜果熟。

安然且悦，佳也眼前福。湿翠云气鸟语，绕我家屋。寂无言草，洽润更娇绿。便如仪，粽重尝，谈笑复。

（发表于2023年7月12日《中国楹联报》"诗词园地"栏目）

## 水调歌头·写在"七一"

长忆一场会，更忆一艘船。至今无数慨念，萦绕碧波间。莫道频频诗咏，不厌篇篇聒噪，自发颂无边。照破雾和雨，岂可化云烟。

振今古，惊左右，傲长天。伟哉堪信，如梦如幻赛神仙。国有威风八面，家有安康四季，一一已成全。安也南湖水，澄澈映年年。

## 临江仙·观剧《父亲的草原母亲的河》

歌舞暂停琴静，牛羊似共云闲。风吹芳草意绵绵。丹心多少献？绿野映无边。

旗下空遗阶砌，毡房依旧灯悬。是谁曾斗地和天。夕阳宁跃马，长调荡辽原。

## 画堂春·观曾国藩故居

一山烟树绕空斋，青砖灰瓦苍苔。旧塘花艳为谁开？点点红排。

勤勉字间默忆，官高未傲常怀。渊源半月莫须猜，清隔尘埃。

## 连理枝·太平溪夜钓

真乃人间幸。好个垂纶境。石涌溪声，桥灯幽色，波光楼影。岸畔垂柳倚、晚风轻，藻香浮未劲。

天大何其静。蚊吻何曾应。一梦无中，一竿世外，一心闲兴。任游鱼窥饵、戏徘徊，望如欢合并。

## 清平乐·吟诵社秋日于校园合影留念

天随人意，气爽风儿避。澄宇高秋明丽丽，树映晴光满地。

横排一队朝东，俱留笑影颇同。最喜无拘无碍，阳晖静入其中。

## 水调歌头·癸卯暮秋到内蒙古

久仰奇塞北，今赴内蒙游。果然边域风味，雄也韵悠悠。几度诗情兴盎，却愧词穷难述，随处景观优。一望无垠地，满耳古今讴。

越苍岭，迷大漠，醉清秋。长天空谷，何事风荡不知休。老树枯藤平野，古道寒烟瘦影，故曲在心头。转怕归来忆，唯有梦中留。

（在中华诗词学会官方网站展播，收录于《谷乡绿韵》）

## 叠萝花·游杭州千岛湖

千岛嵌湖中，红黄浮镜。云白波澄澹相映。水光万顷，信步平堤幽径。隐然歌袅袅，添清兴。

船泊汀烟，鸟悬天影。霁日微风两安定。尽从人意，无碍无尘无冷。秀哉好个景，身心静。

（在中华诗词学会官方网站展播）

## 鹧鸪天·十八洞村感咏

村小犹能名四方，半缘故事半缘岗。云闲碧树江湖远，尘净青山岁月长。

随绮梦，入仙乡。如生双翼正飞翔。往来游客陶陶里，一种瞻观共慨慷。

（发表于2023年02期《湖南诗词》，收录于《一日一诗[集]》）

## 西江月·与传统吟诵专家刘老夫妇同游千岛湖

远望湖中千岛，静听风里吟声。长天丽日照人行，云过云浮不定。

岸影闲船自在，水光山色分明。欢然淡话笑盈盈，忘倦忘年同兴。

## 临江仙·游晋祠

壁画楼台鱼沼，亭碑献殿飞梁。多番增建又何妨。帝王留故事，气势自难藏。

巨像庄严端坐，低眉依旧慈祥。问今儿母两何方。寒烟轻袅袅，古树静苍苍。

## 醉翁操·听刘老吟诵课

酣沉，如斟，谁吟？境同临，歆歆，依稀古人重来今。雨多山峻林深，思不禁。乐与振遗音，着实佳也良可钦。

已清俗耳，犹感丹心。更嗟老耄，还自恭承大任。诗赋悠扬差参，雅颂歌讴相渗，风流听处寻。珍奇堪瑶琛，此意胜黄金，最宜茶爽兼弄琴。

注：刘老指刘洁淳老先生，九十二岁，全国吟诵大赛亚军，中华吟诵研究会特聘专家，湖南省吟诵学会专家委员会主任。

## 蝴蝶儿·湘西黄溪古村

祠屋坚，锦楼妍。不凡姿韵有渊源，半新半旧间。

青翠依然簇，澄溪只自涓。无声陈巷伴苔闲，雨风多少年。

## 御街行·游洪江古商城

幽幽窨屋斑斑古。曲巷寂、岩阶素。门联奇字隐犹存，墙畔檐齐苍树。蛛丝萦牖，缩蜗闲壁，徒忆风流誉。

油然抚迹伤情绪。黯色正、迷烟雨。朦胧浮想见当年，光影笙歌无数。临归却伫，荒街空馆，繁盛知何处。

（发表于 2022 年第 8 期《中华诗词》，收录于《湖南当代女诗人作品选》）

## 醉桃源·游嵩云山

山高风静白云舒，仙钟传有无。欲前寻往却踌躇，俗心愧不如。

观默默，伫徐徐，小城隐隐铺。纵来灵感又何储，老来神漫糊。

## 黄莺儿·游湘西吉斗苗寨

桃源风物惊相顾。岭峻林深，天碧云闲，瀑落烟浮，莺歌鸾舞。欣地迥菜弥鲜，屋敞花为侣。有农耕稼田间，出水新禾，陶沐阳煦。

增慕。莫道有疲时，照旧无停步。自然佳气，一路悠悠，浑如瑶台吞露。遥世上万千音，足下盘旋路。此般如梦如斯，愿把光阴付。

## 金错刀·野钓

林岭翠，日光舒，清风波外拂徐徐。桃源梦岛皆疑是，山雀闲人两不孤。

云倒映，水平铺，长竿垂影静悬弧。兼葭岸畔眠和坐，爱钓非鱼任有无。

## 少年游·游公园

入门所向任西东，闲步试从容。风穿碧树，荫连青草，幽径漫相通。

来回随处多乐队，歌舞闹园中。丽服鬓斑，媚姿行态，忍映夕阳红。

## 定风波·咏党的二十大代表、
## 湖南省巾帼建功标兵周宇坤

马尾轻悠意气扬,蓝装干练自辉光。火海浓烟争欲跨,无怕,时行逆旅救危亡。

稚子小家何忍舍,休讶,为民辛苦为民忙。榜上有名堪实录,真酷,红花灼灼倍传芳。

注:周宇坤,党的二十大代表,郴州市消防救援支队资兴市大队大队长、党委副书记。先后被评为全国消防救援队伍优秀女干部、湖南省巾帼建功标兵等。

(发表于《湖南诗词》2023 年第 2 期)

## 荔子丹·小菜园

忽忽风吹叠叶翻,惊喜复嗟叹。未香犹入眼瞳里,红黄艳、果实最堪观。

欣欣各不负枝端,弄态几多般。郁勃千条垂满架,采之时、乐恰盈园。

## 喝火令·博士后女儿

偶尔三闲语，飘然一慢腔。数年京邑苦深藏。寥宇弱鹏偏胜，长共逐云翔。

敢信朝佳境，翻疑梦故乡。最怜人静夜风凉。愧我无能，愧我枉牵肠，愧我老身犹稚，只会为诗忙。

## 虞美人·河边夜宵摊小聚

廊长河静轻风袅，满眼幽光缈。举杯每欲说从前，却望夜灯摇雾竟无言。

流晖逝水安能返，惆怅知之晚。渐凉醒醉两迷中，何处老歌声起与心同。

## 酒泉子·于山庄吟诵过中秋

妆古且精，犹有月圆环璧。野风闲，山鸟乐，和吟声。

调高心激未曾停，新句旧词轮换。且留连，堪散漫，忘归程。

# 水调歌头·葡萄沟秋日采风

葡萄蔽野紫，菊桂散天香。云悠风袅，蒲海澄碧映峦岗。欣有诗朋数众，漫趁暇闲半日，村径任徜徉。松坡饶秋色，桐木遍晴光。

古井幽，老藤静，莫思量。清游雅兴，徐步亭院又山庄。吟诵陶陶胜酒，歌唱如如盈耳，谈笑各登场。乐地忽过午，帘薄透微阳。

（发表于 2021 年 10 月 21 日《中国楹联报》"诗词园地"栏目和《中华诗词》2023 年第 1 期，收录于《当代巾帼山水诗词选》）

# 惜红衣·重阳节夫妻宵夜

小坐清凉，闲安静洁，祝声消歇。把酒河边，无盘亦无碟。幽灯绮树，欢笑处、谁盈花靥。应惬。却起夜风，乱伊余垂发。

瓷盆菊郁，阶砌香浮，楼光弄明灭。何堪老若一瞥，恍兮惚。倏尔那时年纪，亦是多娇人物。默回看寥廓，波影雾岚徐拂。

·

## 好时光·闻彩霞老师归隐离岗

秀丽偏多才艺，精剧戏、妙诗章。犹有亦师兼友态，从来指导详。

此入清净处，信一醉、好时光。膝下天伦乐，坐卧有花香。

## 好女儿·我心中的一首歌

"我的好妈妈"，余音总咿呀。蹦跳相牵行处，笑脸衬红花。

岁月迅流霞。正娇唱、已矗天涯。空听千曲，何能入耳，独傍窗纱。

## 念奴娇·寄语高考

又逢高考，若三军竞技，挥毫迎仗。数载寒窗经酷暑，诸子争来榜上。汗洒书香，文人墨客，抱笔精神畅。几番幽梦，一朝腾跃沙莽。

多少豪杰精英，年年学子，代代如江浪。求识炎凉书卷里，志在国荣家旺。盼遇东风，雏鹏展翼，俱是头名状。泱泱华夏，栋梁治世何恙。

## 临江仙·八女投江

柞木岗山枪炮险，乌斯浑浪腾翻。相携步步向波澜。本应窥且避，只为引而援。

恰是芳华娇可爱，那堪随梦先眠。而今何处报平安。涛涛江水怒，静静念思绵。

注：1938年，抗联"八女投江"发生在黑龙江省柞木岗山东麓和乌斯浑河这片山水间。

## 水调歌头·观庆党百年华诞仪式<br>（龙谱，苏舜钦体）

喜动九州地，欢畅帝都中。高歌纵处妆盛，齐队笑而恭。更有成型百巧，壮语从天忽亮，礼炮响隆隆。红帜耀天地，银燕舞长风。

泪盈眶，声盈耳，感盈胸。百年不易，多少艰苦著丰功。欲喷诗情讴咏，又恐疏才拙笔，难以达深衷。唯信强能久，万载势威雄。

（发表于2021年2月19日《中国楹联报》"诗词园地"栏目）

## 琵琶仙·闲听秋蝉

何处蝉鸣，怨声正、入耳相传凄恻。梧院秋早萦枝，残英自疏密。惊夏去、浓荫渐淡，只留得、几番空立。半世蹉跎，当年落寞，浑不堪忆。

纵应可、炎退凉生，但时逝、惝惝叹何急。谁把岁华全取，化娇肤成褶。愁听里、临窗独坐，已信威、一去难拾。不如芳草枯荣，入春还碧。

## 水调歌头·望中秋月感怀当今高科技(苏轼体)

明月不难近，仰首告诸仙。太空频次相访，欢意正绵绵。但见悠悠来去，更识茫茫广宇，高处亦胜寒。莫道在天上，翻似入人间。

沁清影，怡淡色，恰堪眠。且休叹诧，多少归梦等闲圆。人散犹疑无别，月没还同无缺，事事算能全。已是通神技，千里自婵娟。

（发表于 2021 年 9 月 17 日《中国楹联报》"诗词园地"栏目）

## 临江仙·初秋游燕子岩

一望波清滩阔,顿然相远昏昏。鱼游童戏正氤氲。岭高宜过眼,溪浅好撩人。

欲往随流同乐,中年狂兴沉沦。心虚身软傍岩蹲。柔眸凝静翠,纤手弄轻纹。

(发表于《湖南诗词》2021 年 04 期)

## 蓦山溪·初秋乡村郊游

徜徉其内。未饮浑如醉。翠岭倚青霄,杂尘净、浮云飘曳。小儿驰逐,鸡鸭满房前,新院伟。风拂桂。卧犬安无吠。

难禁逸兴,裙摆萦葭苇。桥影小溪清,手撩浪、平添趣味。日斜天暮,霞照野游归,车渐动,心忽悴。空羡村居美。

## 临江仙·参观"半条被子的温暖"专题陈列馆

瞻仰无言犹撼,梦回往日思沉。半条棉被暖人心。主宾交尚浅,鱼水爱何深。

旧物苍黄惊目,新篇红绛如林。好风吹续到而今。馆中清气肃,门外吉阳临。

## 鹧鸪天·初冬游东江湖

一片佳传果不虚,疑为妙手画中图。水深难测清如练,波淡安流静似姝。

身自在,意踟蹰。蓝天接岭白云舒。荣枯草木何关我,已觉人间万事无。

(《中国红馆》微刊第三十五季推优,发表于第二十九期《湘江听潮》)

## 雪梅香·茶马古道

境幽寂，荒原仰首望云空。叹风光零落，当年料想难同。闲道孤亭覆阴绿，野茶高岭杂衰红。气清爽，草满危桥，溪尚溶溶。

迷中。沸商客，往复源源，影乱诸峰。怎奈回眸，荡然一去无踪。人隐烟浮入传说，马嘶尘黯失西东。馀多憾，未免寻游，但识泥鸿。

## 菩萨蛮·祭武昌医院刘智明院长

出师未捷身先死，英雄多少伤心意。风雨满江寒，遥观悲泪潸。

救人晨夜急，忍别方休息。廊转肃阴阴，明医何处寻。

注：明医指刘智明院长。

## 洞仙歌·路遇六一彩排小演员

红裙白袜，更风情无数。夺目都于彩妆注。笑颜娇、声脆点滴迷人，人共宠、总被勾魂引顾。

艳阳天地亮，金碧楼旁，蹦跳无忧仰头去。放眼看今朝，一片芳时，稚童享、爱如甘露。莫辜负、光阴岂能留？愿宝惜韶年，学田驰步。

（发表于 2020 年 5 月 29 日《中国楹联报》"诗词园地"栏目）

## 满庭芳·游湘西芙蓉古镇

叠叠层层，飞檐翘角，排排吊脚民楼。流连小巷，欲觅旧风流。青石空阶曲巷，何曾见、背篓悠悠。人烟散，千年事淡，斑驳印无休。

不禁思岁月，莫名起落，难说沉浮。念多少、悲欢无处回眸。此际堪怜古镇，闲情错、竟叹离忧。轻移步，回声漫响，板木静幽幽。

（中华诗词学会官方网站展播）

## 南歌子·参观衡阳铁路博物馆

有意催随意，传奇引好奇。延绵铁路逐时移。锈涩斑中犹见、手痕稀。

一段交通史，经年浩荡诗。返来复去叹殊姿。物旧图残瞻处、尽萦思。

## 西江月·祁县城赵镇剪纸

一叠微犹照眼，一开薄却迷人。一枝一鹊剪均匀，一盼从来好运。

花发何须到日，窗明总是如春。千年汾水定怡神，风正轻扬沁润。

## 行香子·观动物园狮虎

一念无心，半世遭囚，更闲观漫戏难休。高天郁晦，秀野阴稠，对风中凛、烟中缈、望中幽。

悲犹可免，思焉敢忘？忆丛林莽莽飙悠。笼边垂老，梦里回头，叹旧时惬、去时轻、此时愁。

## 西江月·重复城建施工

到处泥沟又见，随时碛路频逢。轰鸣声里瘴烟浓，举步人皆惊悚。

终似乱风造次，更难行市从容。几番开挖复长缝，何日清恬好梦？

（发表于 2020 年第 4 期《中华诗词》）

## 卜算子·赞向警予

偏爱漫天清，不恋深闺秀。学里求知但得真，一梦犹开诱。

即为妇人谋，长作邦家救。立党分明未有私，众庶多承祐。

（发表于 2020 年 8 月 7 日《中国楹联报》"诗词园地"栏目，收录于《湖南当代女诗人作品选》）

## 蝶恋花·用软件P照片

谁复青春能不笑？喜见佳人，细看还凝眺。眼角无纹肤正好，如花风韵天然俏。

科技堪同魔镜妙。镜里光鲜，镜外韶华杳。纵有新方无数巧，何曾有计重年少。

## 兰陵王·暮春

尽消歇。无雨不风隐月。望幽邃，几点残灯，底处蛙鸣出深樾。得意全欲绝。平起情怀郁结。庭除暗，独自临窗，静里惊听换时节。

匆匆更休说。忆蜂舞莺飞、花映红缬。流光轻自同人别。欲重试拾之，恍然一梦，漫漫云烟怎可越，心头憾如缺。

蛮咽。更悲切。忽自笑徒劳，岂动银阙？已然荫满春光没。物华随时序，胸中透彻。夜深天寂，那复无寐眼充血。

## 声声慢·暮春黄昏雨

柳条新暗，草色初深，树幽映百花残。满坡惆怅思乱，又去春繁。风来突飞作雨，怎谁家、行必求安。更觉出、寂然芳华逝，凋了云鬟。

犹记几多往事，都幻作、纷如梦不知还。意气当年飘远，听鸟声寒。却将心泉自泻，任黄昏、晻霭沉烟。且消受、各时皆清妙，但得长闲。

## 浪淘沙·看抗日电视剧

窗外雨绵绵，剧里硝烟。冲锋号灭敌人顽。激越不知身在外，同奋同欢。

往事记年年，不是闲篇。头颅热血换新天。休道时风今已转，总在心间。

## 贺新郎·单位古树旁感吟

慨叹如何说？望香樟、比高亭院，与天相接。凝睇流云迎来往，任教风吹弄叶。竟得霁、犹惊冷冽，灿烂和宁空见影，渐成尘、难诉无声咽。惊数载，去俄忽。

当年入职如花发。记其时、山青水碧，天蓝路阔。清梦萦怀挥吟笔，旦夕书文不辍。似梦里、颜尤欣惬，万事青春凡忧远。问飞梭、何处长飞越？惟古树、未消歇。

## 芰荷香·万荷园赏荷

绿茫茫,眼前极一望,锦绣无疆。叶纷如簇,偶立黄蕊红芳。和风慢荡,遍处处、笑伴清香。游客影留中央。那愁苦热,且得微凉。

撑伞徐行陌堤上,看蜓飞款款,波映晴阳。俗虑皆散,暂享心静无妨。诗怀枉发,愧肤浅、徒累枯肠。只愿每梦风光。依然郁郁,色耀苍苍。


## 鹧鸪天·自家阳台一朵秋菊开

莫问为谁且自开,翛然漫向句中来。西风袅袅堪从隐,黄叶飘飘不用猜。

偏绽放,似登台。百花凋尽独悠哉。孤芳岂必无人赏,付与窗前共好怀。

(发表于 2019 年 9 月 6 日《中国楹联报》"诗词园地"栏目,收录于《翰林秀粹集》)

## 浣溪沙·中秋

桂子浓香云外飘，金风轻舞似尝醪。人间此际胜琼瑶。

有幸团圆人逐乐，无愁离别自随潮。月华同照各逍遥。

## 卜算子·中秋咏月

高挂总无声，仰看常成景。任对悲欢世事繁，但自悬清影。

却载故人心，别有深深境。一种情怀寄未停，万古同幽映。

## 水龙吟·厉害了我的国

从来世界强才上，今日飞龙初啸。科研率舞，军姿竞秀，国人笑傲。犹叹民生，如虹贯日，情怀朗耀。算全球广阔，泰平鼎盛，极能事、非常道！

最喜初心不了。为中华、赤衷肝脑。秦皇汉武，而今试看，风云俱老。河海愈清，江山争俏，漫天姣姣。愿吾们、戮力前行勿扰，必应更好！

## 千秋岁·辞旧迎新赏梅花

早梅争报，时已新春到。云色媚，枝头俏。风霜天际淡，鸟雀林中闹。人尽乐，香飘影动传欢笑。

忆事归他日，挥手随烟渺。从此后，皆能好。凭余深浅想，任运高低妙。欣望也，郊原雪散晴光照。

## 念奴娇·韶山感吟

韶峰脚下，望山幽林翠、缅思寻迹。一代伟人从此出，多少前尘遭历。苦学真知，殷求广道，志比鸿飞翼。沉沉中国，踊腾升晓云易。

霎眼鬼怪难存，黎明暗破，寇虏终驱毕。四渡迂回犹颂叹，震荡乾坤辉熠。天下闲庭，诗词任赋，豪气冲天壁。而今盛世，千秋无忘传立。

（获"美塑"纪念毛泽东诞辰 125 周年全国诗词大赛优秀奖）

## 鹧鸪天 · 民间传统丧事有感

身在灵堂竟忘哀，吹吹打打耳为灾。几名道士咿呀唱，数位仙姑拜舞来。

歌管闹，杂吁唉，回回跪叩苦痴呆。但期逝者安然去，懒问应该或不该。

（发表于《中华诗词》"刺玫瑰"栏目）

## 苏幕遮 · 清明祭母

雨如烟，风若碎。树色阴幽，何处鸦声唳。零乱魂幡尤惹泪，缕缕焚香，可把思相寄？

怨无常，悲不已。忆汝平生，多少愁中事。霎那长休归厚地，泉下炎凉，还望青山庇！

## 八声甘州·深秋原野

又苍茫草色等闲间，霎时满天秋。渐骄阳稀少，风高冷冽，霜重寒幽。正是花飞碧去，极目影萧飕。犹忆春来好，多少风流！

况有云飘烟远，叹旧时缈缈，思不能休。更人生难再，何处可回头？想从前，凭栏凝望；恨悟迟，唯把赋诗留。清深里，云中鸿雁，徒弄酸柔。

## 澡兰香·戊戌端午

红盆白米，绿叶黄丝，缠裹挂包手托。锅中汽热，灶下氤氲，四绕竞看欢跃。想当时、轻捧随抓，叽叽喳喳问学。回笑脸、流光已远，心情非昨。

莫颂飘香美粽，恐忆难消，韵偏消却。薰风艾束，苦草雄黄，始信尽成寥寞。叹而今、五月年年，嘉馔良辰未觉。品味里、糯转闲迷，云烟纷若。

## 江城子·夫妻游万荷园

中年眷侣少轻狂，绕荷塘，沐花香。浩渺连天、一眼忘炎凉。纵使身劳犹不厌，尘满面，乐无双。

心清境静倍悠扬，暖风长，拂柔裳。携手徐行、碎履乱成行。望里深深幽寂处，尘影淡，自风光。

## 卜算子·题冬眠小龟

沙卧小眠龟，沉醉焉知冻。已是凋残近雪寒，兀自悠然梦。

世事太无常，身避心无痛。待到春来暖意浓，戏水逍遥弄。

## 卜算子·初见上杭

梦里闽西南，望处恬风月。时见闲人路上行，语笑多悠惬。

山色翠无双，意味清如绝。韵绕汀江未肯休，坐看情同悦。

## 采桑子·古田会议会址参观有感

古田会议辉弥永。党指挥枪，纵笔雄章，一往无前向远方。

相承路脉今朝再。共记衷肠，踏步如狂，美景人间正道长。

## 鹧鸪天·常回家看看

务必勤回父母旁，牵携家口慰高堂。唠叨句句深冬暖，嘉菜盘盘满屋香。

灯火映，笑声扬，天伦老小乐如狂。门庭贡献无心问，唯愿平安共聚常。

（发表于《中华诗词》微刊）

## 卜算子·题铁路春运工作者

夜静北风吹，独启奔波路。已是满城梦境甜，随影匆匆步。

最念是妻儿，犹惦家中务。却把深情腹底藏，笑作平安赋。

## 谒金门 · 连天阴雨

嗟多少，往事被风吹了。却又连天天似晓，化飞盆泪倒。

惆怅将茵新草，一径凄凄烟绕。欲弄春光空叹恼，似而今怎好？

（收录于《湖南当代诗词选》）

## 西江月 · 戏题老腊肉

谁道沧桑应恼，无鲜少嫩犹香。同登席上领风光，各得知音赞赏。

回首当年正好，更欣历久弥芳。蹉跎岁月忘炎凉，任那沉烟暗漾。

## 念奴娇·登中坡山顶感吟

苍茫一片，叹红尘多少，几人恬泊？峻岭悠悠青自茂，千载无言无愕。日暖风轻，柔花翠浪，枝隐酣欢雀。天高地阔，望云烟袅袅若。

几欲感赋吟诗，抒怀此意，无奈文章弱。远眺冗忙朝市里，碌碌何曾成获。镜里繁华，人生如梦，毕竟皆空却。幽林声哔，如歌萦耳安魄。

## 一剪梅·雨天感吟

一片浓愁无计消，风正飘飘，雨又潇潇。依窗弱影望云憔，文字难描，衷曲难调。

底事潜声不住撩，何处能逃？何处无刀？人生何奈总难抛，醒里如熬，梦亦徒劳。

## 卜算子·赞抗洪年轻战士

不畏水滔天，不怨青春苦。一令如山志比虹，为救苍生舞。

最念是家人，犹憾亲情负。砥砺前行与浪拼，誓把灾民护。

（发表于 2020 年 8 月 7 日《中国楹联报》"诗词园地"栏目）

## 满庭芳·丁酉初秋古镇锦和游

炎转清凉，天随人意，雨疏欲骤还悠。山城缓步，触悟古门楼。处处斑斓驳影，那堪问，多少风流？只今叹，烟云尽散，一地惹空柔。

前番然逝去，喧离巷弄，梦别香舟。更应是，殷殷一脉无休。祖上祥辉漫曜，抬眉处，郁翠峦丘。遥相眺，飘霏碧水，百代胜难收。

## 满庭芳·看老同学旧合影照有感

翠树如排，芳茵似锦，含娇豆蔻其中。霎时思越，回首叹匆匆。多少同窗旧事，频相忆、浮影濛濛。新凉里，秋声万点，寥落散清风。

怀人常此际，轻翻照片，潸泪无穷。又却是、遥遥但祝全功。久别何时见也，三十载、休念成空。凝眸处，飞车梦起，欲面诉离衷。

## 御街行·开学

雏鹰奋翅凌空展，又是秋凉浅。房前草色静浓深，忐忑风中叶乱。年年送学，时时顾念，心共征途远。

凝思每望空悲潸，总梦芳华返。朦胧慨忆抚佳儿，一世人间眷恋。清欢未尽，深情无寄，惟祝长如愿。

## 一剪梅·写于立冬前夜

一夜何能到梦边？风雨依稀，辗转难眠。重重影近乱眸前，欲避还来，似有无间。

已是前尘俱化烟，暗里空惊，却忆犹怜。如今滋味向谁言？空自幽吟，忍奈轻寒。

## 水龙吟·登居庸关长城有感

风清气爽秋光好，红叶迎阳明艳。凭临远眺，群山秀峻，层林尽染。千古长城，雄姿依旧，宛蜒欲撼。竟姜女喜良、躬身血泪，当年事，犹伤感！

却信谁无坎坎。至如今，史书难点。曾经不朽，从来志气，初心未淡。旷野苍烟，陡阶天路，奋攀正渐。应登高在望，轻飞雨汗，笑随云泛。

## 暗香·观失联近三十年老同学近照

昔娇自媚，旦夕常所伴，学兼嬉戏。电影勾魂，逃票翻墙几回醉。转眼分离卅载，都应叹、浮生凉至。便纵有、得意春风，夜冷黯诗思。

无寐，正恻悱。抚旧照心空，窗声幽厉，静灯若悴。相册无声总相记。长忆曾经点滴，嗟多少、闲撩人意。怎禁得、纷去也，各安一地。

## 水调歌头·观门前旧春联感吟

才写鸡年贴，又近狗年时。墨香墙上犹在，惊是去年诗。一载瞥然已逝，算得浮生更几，薄梦望空迷。过隙遽何速，荣禄为谁痴！

旧佳句，红馥馥，映凝思。休悲岁月、忽忽斯世岂怀悽。莫若书茶悠煮，惬似丘园闲步，任那鬓成丝。不论光阴短，且惜此间滋。

## 沁园春·冬日小游

着意寻幽，缓步冈坡，细观岭园。望青葱碧绿，生机菜地；黄花锦绣，意境郊原。满目阳和，何时冷落，岂记光阴正岁寒。仍嬉闹，看枝间雀舞，依旧心欢。

人间如此怡颜。且喜那、浓荫发未残。忆宋词霜冷，唐诗雪碎；冬如去远，春信方传。使几多人，无端萧寂，景不芬芳空郁烦。君不见，但心犹宜季，应总婵娟。

## 水调歌头·内蒙诗会后返乡途中恰逢立冬日

得得趁秋去，缓缓立冬还。且欣乡陌风物，依旧似从前。忽忆苍茫塞北，怪石奇峰大漠，眺迥若尝鲜。五味固相杂，一梦已成圆。

倚车窗，频旷望，两重天。色浓犹显，烟野层嶂正连绵。地有东西南北，情可江河湖海，奇妙世间缘。却喜多桥隧，已是近家边。

## 江城子·《中华诗词》金秋笔会开幕

江南风物自堪讴。日光柔。白云悠。湿地湖山、处处秀风流。更值诗坛今盛事，如缀锦，更兼优。

掌声雷动看前头。似高丘。耸高楼。却向卿卿、含笑话良谋。见那中场留影处，多少意，岂能休。

## 鹧鸪天·感金秋笔会期间
## 王文主任费心找药膏治我眼疾

直似春风飘向秋，花儿绽在我心头。膏来暖意身先润，药到明瞳病渐休。

浮肿散，厚恩留，感君辗转苦寻搜。山高水远聊分别，此去无疑忆永稠。

## 浣溪沙·洪泽湖醉蝶花海

欲赞犹惊已忘言。一秋何以艳连天。香馀蝶睡剩花妍。
自作多情留影切，谁怜老妇美颜虔。谢风识破亦翩翩。

## 浣溪沙·洪泽湖湿地

梦里水乡在眼前。长蒿竹筏缓行间。尘嚣远去尽诗传。
芦苇迷宫来去幻，滩涂候鸟戏游闲。依稀英烈住湖烟。

## 浣溪沙·辛丑元宵节

人闹灯红欢乐长，龙腾鼓动客魂狂。汤圆甜软尽情尝。
满地和风犹送爽，一轮明月共迎祥。已知心近即家乡。

## 渔家傲·封控中自家院子夫妻打乒乓球

起落声中球蹦跳，削推抽挡各其妙。桂馥无声晴正
好，风犹袅，忘形此际人间杳。
篱下犬眠篱上鸟，聊成观众还同到。莫讶输赢皆不
较，知玄窍，而今难得唯欢笑。

## 雨霖铃·解封后附近散步

云空妍妩，引游心切，出即成旅。寻常坡岭亦景，尤风袅袅，香萦长路。土上丛中架下，有瓜老仍驻。又似旧、林树田园，朗日辉辉胜春煦。

此番算得无辜负。影频留、更迈从容步。奈何近境偏熟，茅草畔、忆纷如絮。怅惘三年，多少佳游盛会皆误。谢解意蔬许临窥，悯我愁难诉。

## 南乡子·观"七一勋章"颁授仪式

车队映朝阳，飒飒风中一道光。仪仗鲜花无限意，昂扬，共送英雄入会堂。

热泪暗盈眶，伟迹深深感肺肠。迥隔荧屏偏起敬，思量，学习功勋比颂长。

## 鹊桥仙·七夕

人闲夜后，思飘云上，桥渡银河可挂？牛郎织女正相逢，莫误了、仙凡佳话。

遥遥未见，年年每看，我自信真勿讶。情深未必苦难寻，且把握、姻缘当下。

（入围华夏杯全国第二届"相约七夕"爱情诗歌大赛）

## 踏莎行·小径随感

寂绕幽蹊，阴笼小院，重重静僻闲愁漫。风轻更惹怅情思，微微拂过依依散。

翠叶芊芊，柔枝蔓蔓，寥寥独椅空悲看。何堪倦鸟隐枝吟，低声胜却高声唤。

（入围华夏杯全国第二届"相约七夕"爱情诗歌大赛）

## 清商怨·夫君出差感吟

春寒暮里愁千缕。更倚窗难语。淹霭烟重，思君可倦旅？

相依同嬉暗度。最难禁、无边忆绪。举目成空，何堪孤影诉！

（入围华夏杯全国第二届"相约七夕"爱情诗歌大赛）

## 卜算子·贺《一日一诗（集）》出版

谁种小诗书，相伴春风到。正破苍茫旧岁寒，红壳开来俏。

一日一篇篇，一卷徐徐导。一核深深在此中，大爱无声妙。

## 望江东·暮秋游

瞑色氤氲满高树，更添闷、坡前路。轻飞鸟雀偶来去，似得意、随缘住。

年来绮梦难知数，算只是、心容与。寻常所愿向谁付，已秋杪、都成误。

## 蝶恋花·樱花

满眼红繁繁几许？云树堆花，锦簇浑无数。佳境迷人回首处，霞光似见来时路。

丽服鲜妆三两妇。影入其间，赏眺徐徐步。时与枝头相对语，问询谁是天仙女。

（山东泰安市楹联诗词协会微刊总第六十五期推优）

## 鹧鸪天·双亲相继离世后偶感

未必清明才断魂，愁随窗外雨纷纷。深疑泉下惊风雨，可在山中乐隐沦？

空历历，影真真，死生遥隔不相闻。而今最怕凄清夜，兀自徐来未见人。

## 行香子·茉莉花

好是当然，喜看寻思，更清香谁比堪诗。开怀欲摘，缓步犹移，却忧人笑、怯人骂、恐人知。

尤其高洁，无穷雅淡，任纷飞雪自羞之。愿将争戴，不敢来持，怕根何续、芽何发、信何期。

## 蝶恋花·香樟树

谁道凋零秋独有？已是春来，飘落还依旧。但见纷飞投扫帚，凄遑未与时相就。

枝底萧条枝上秀。一种欣荣，几处青黄授。送谢迎繁终不朽，无情却把深情祐。

（收录于《翰林秀粹集》）

## 蝶恋花·早春樱花犹未开

谁遣山樱多理性？欲放还收，几树稀疏影。莫是骄矜难有幸？花开花谢惟天命。

寥落枝头堪扫兴。想像繁红，朵朵宜欢咏。好在能期如约定，缘深缘浅从容等。

## 偷声木兰花·暮春雨中残花

芳菲何奈纷零落，连日如侵风雨恶。春又将归，短暂韶光悔少陪。

疑犹艳色方盈树，已是翠浓初遍布。对景无伤，后会能期梦里藏。

## 偷声木兰花·暮春惊闻17岁少年跳桥

飞身一跃惊天泪，正是逢春才放蕊。何处能归，冒雨千声呼不回。

飘零花瓣留无计，暂别无非能复绮。人逝如风，有去无来一霎空。

## 霜天晓角·立冬前日漫步

随风游涉。以散千千结。举目斑斓如画，山水似、慰问帖。

翻越。崖顶歇。日映枫树叶。野旷天遥云淡，且放下、空一切。

## 定风波·赏格桑花海

闻讯深秋此处娇。欣然自驾且来瞧。涉水跋山何道远。无怨。漫天云白漾青霄。

电话铃声幽谷响。忽怅。也无心绪也无聊。红紫赤橙安静处。自悟。纷纷五彩正逍遥。

## 鹧鸪天·游洪江"芳华年代"景区

火热风烟恍至今，如诗如画望中临。红旗标语犹醒豁，铁器车床共肃森。

聊缓步，试沉吟。天蓝花艳映无心。纵然人造当时景，一代芳华何处寻。

## 浣溪沙·立冬次日女诗人小聚并游

胜事初冬不觉寒。游间笑语兴飞翻。晴阳晚霭两相完。橘子洲头诚起敬，火宫殿里复成欢。一时聚首几时还。

## 水调歌头·秋暮初冬到长沙

枫老愈红艳,橘柚倍生香。机缘端合如梦,来去暂成场。玉露金风旁侧,胜事吟心两得,堪感喜洋洋。岳麓绚林彩,云影映湘江。

火宫殿,黄土岭,水边廊。迹留四处,无挂无碍恣徜徉。路或阴差阳错,叶正东零西落,且惜好时光。的的初冬色,共我赴斜阳。

## 遍地锦·初冬参与省儒商学会望城采风 分韵得"鸟"字

恰似香樟集佳鸟。北西南、各随风到。一时间、互动成欢,吉语沸、人人粲笑。

韵悠悠、味在诗中,酒清醇、醉犹难料。似这般、高趣横生,梦里事、翛然尽了。

## 西江月·瞻状元第感怀吴鲁

旧厝坐横风雨,紫薇高照门楣。依稀綮耳百哀诗,多少忧怀才志。

红地砖馀痕满,深天井有光围。一腔正气至今威,恰与晴阳并瑞。

## 清商怨·悼叶嘉莹先生

连天凄雨飞簌簌。似随人恸哭。四面悲风,更兼摧我腹。

仰视梦犹能续。却尔后、何影可掬。默祷仙乡,花香长馥郁。

## 鹧鸪天·访鲁迅故里

烟霭濛濛细雨飞,恍然处处是重回。乌篷船正悠闲过,百草园犹青绿肥。

游者众,故居辉。一城名盛一魂围。横眉凛凛何能远,呐喊惊天依旧威。

(《满庭芳苑》第 694 期推优点评,2024 年 12 月)

## 惜奴娇·毛田洲看油菜花

锦簇金黄,久梦里、今初到。游情共、和风语鸟。满地穿梭,望不够、枝枝俏。香绕。未容撷、陶然醉了。

何敢簪之,半已是、衰衰媪。心儿怕、花将我笑。最恼山蜂,忘困倦、歌喧闹。老调。犹兀自、欢声扰扰。

## 醉春风·阆中锦屏山

错杂堆青锦。群峰巍自凛。荷花池畔海棠溪，沁。沁。沁。诗圣祠前，彩虹亭侧，细风柔荏。

阁迥瞻难禁。碑古闲评品。翠云深处茗香浮，饮。饮。饮。烟袅霞蒸，画屏仙境，复还求甚。

## 水调歌头·春节假期自驾游

出门如蝶舞，自驾似风飘。迎春迎岁，烟雨山水正相撩。一段闲游遍历，数日从容浪迹，点滴激诗涛。但能甜甜梦，何惧路迢迢。

灯光秀，楼房美，圃花娇。琼台玉阁，土戏庙会傍浮桥。带笑家家逛荡，新味盘盘共飧，即此复朝朝。沿路城乡美，入望尽逍遥。

## 沙塞子·谢友陪游大黑山

一域无垠天地，云渺渺，野茫茫。不见凛然秋色，正晴阳。

怪石奇峰高意，姿态美，礼仪彰。知我今番多幸，更风光。

（收录于《谷乡绿韵》）

## 鹤冲天·"迎新春 诵古今"诗茶文化交流品鉴会

晴明万里，园暖添娇妩。得得脱尘嚣，欣来聚。兀谁烟水畔，依阶坐、横琴抚。万事何须顾。郁林幽径，清气澹然无数。

浮生一梦茶同煮。醉里悠袅袅，吟哦处。古调新声共，才八斗、倾心与。雅乐萦缕缕。逸情盈漫，妙香款接春路。

## 水调歌头·领奖与各地诗友聚散两匆匆

一时多少语，满腹浅深伤。几朝欢聚，几多谈笑兴飞扬。同饮养生一号，共醉毛铺荞酒，盏盏满庭芳。诗词本儒雅，随境且清狂。

欣草本，惊科技，醉陶缸。探源问韵，欲竟总稳耐思量。君叹虎龙天意，吾道仁和古话，点滴惬相商。此后风来处，是我念思长。

## 水调歌头·参加"通道转兵九十周年"纪念活动

尽夸转兵妙，更引敬思绵。几多英烈，浴血鏖战竟躯捐。忍读峥嵘痛史，每慨行藏奇迹，欲叹总无言。壮怀震平地，旌影映长天。

观旧物，瞻雕像，记渊源。花篮为信，往事岂可化云烟。已是国强如愿，还共民安合意，何处觅先贤。四顾红仍灼，万代色弥鲜。

## 水调歌头·在武昌与老同学聚会饮黄鹤楼酒

晚风吹爽气，灯色映波光。恍疑犹在，彼时年月校园旁。三五成群倚树，深浅谈书望月，笑饮野梅浆。重逢自欢喜，回首却苍茫。

付醇酒，转新语，醉清香。衔杯遥眺，黄鹤楼灿大桥长。默敬青春如梦，念敬流年似水，盏盏静芬芳。谊重且能慰，渐老又何妨。

## 落梅风·仲冬前日山行

烟霏山色两阴阴。幽禽迹偶穿林。径堆落叶雨痕深。尽消沉。

景多萧寂风多奈，何其似我如今。已然衰病正来临。苦惊心。

## 踏青游·新年诗友首次聚会

一会当时，正值瑞年初见。恰便逢、柳莺花燕。踏春风，沐丽日，苑中悠漫。情款款。有诗有茶兼宴。声共好风飘远。

相聚须欢，多少意盈心满。任其是、旧朋新伴。醉芳樽，酣笑语，嬉犹无限。忽嗟叹。良时竟何太短。匆匆已然天晚。

## 水调歌头·常州东坡公园忆坡仙

烟笼子瞻帽，舟舣翠云边。半生萍迹蓬飘，终老此桃源。多少风风雨雨，数度来来去去，俱远九霄间。已得一园静，任月几时圆。

仰苏阁，惊逸像，对青天。唤鱼池畔，花草奇石续前缘。盈眼牡丹犹艳，洗砚泉珠还澈，雪浪隐飞仙。但见思犹永，千古梦年年。

## 西江月·咏格拉雷药业

格拉雷居何处，塞宁星耀谁人。休言康健赖天神，颗颗渊源可信。

好梦偏随百姓，初心已许精纯。无妨暮服与朝吞，爱在丝丝定准。

（收录于全国首届"格拉雷杯"金源文化诗词大赛作品集《格拉雷韵藻》）

## 南歌子·冬柳

一种萧条境，千般感慨心。风吹叶落杳无寻。碧玉丝绦已是旧时吟。

料正芳华蕴，应能秀色临。且将冻雪化甘霖。但得春来又见尔成荫。

（收录于《翰林秀粹集》）

## 西江月·延安本地餐饮

各种奇名难解，几多惊客偏尝。无心味道却思量，究竟其何模样。

莫讶颇荣生意，犹能聊补饥肠。佳肴岂必盛而彰，本土风情自盎。

（收录于《翰林秀粹集》）

曲

## 【中吕·醉高歌带喜春来】乡下赶场

货儿簇簇琳琅，乡党源源浩漭。糍粑米酒芝麻酱，鱼肉还兼送姜。〔带〕这边花诱娃痴望，那畔谁吆客试尝，路旁议价互相商。都在忙，买卖两成狂。

（发表于 2024 年 4 月《中华散曲》第 25 辑）

## 【中吕·满庭芳】忝幸获"湖南优秀诗人"称号

春来正好，景欣眼底，暖润山腰。佳音忽共东风到，喜上眉梢。回首处尘痕不少，转身时诗兴仍豪。恩何报，惭颜自嘲：个小也登高。

## 【中吕·山坡羊】被评"优秀诗人"上台领奖并发言（中华通韵）

腿儿打颤，身儿流汗，不知双眼朝谁看。念经般，忘魂然，叨叨絮絮思维乱，眩眩晕晕台下返。欢，也爆满；惭，也爆满。

## 【中吕·山坡羊】咏荷花

不攀龙凤，不酣春梦，炎炎夏日清香送。节中通，态从容，不枝不蔓人争颂，纵出污泥身正统。花，堪敬恭；蓬，堪爱宠。

（先后发表于 2025 年 04 期《中华诗词》和《湖南诗词》《湘江听潮》）

## 【双调·折桂令】咏"祖国南大门"广西那坡县

气温恒日暖风恬，冬不凄凄，夏不炎炎。雾绕青林，烟笼碧水，云挂峰尖。卧群山纤尘未染，影狭长小县深潜。美边关得誉犹谦，各民族同脉相亲，"南大门"守土如钳。

（收录于《边塞情》）

## 【双调·蟾宫曲】
## "八闽门户、天南锁钥"福建厦门胡里山炮台

试瞧瞧谁敢横行，石堡雄雄，铁炮铮铮。临海依山，接天环岸，镇浪惊霆。犹恍惚硝烟万影，更依稀鼓角齐声。缓缓神宁，渺渺波清，朗朗曦明，袅袅风馨。

（收录于《边塞情》）

## 【双调·折桂令】
## 忝幸获"湖南优秀散曲创作者"称号

似春风骀荡无边，催放心花，烘暖心田。感愧多多，莺歌恰恰，蝶舞翩翩。悄回首才学尚浅，待从头习练争先。更写新篇，不负良辰，共秀芳园。


## 【双调·雁儿落带清江引】
## 王老汉夫妇首次坐高铁探亲

清晨山货挑，日暮京城到。掏摸鲜粉条，捧出新糕酪。〔带〕争将铁龙来介绍，端的真奇妙。有风随所超，无翼犹飞跃，真个大开咱眼界了。

（获"广水税务杯"全国散曲大赛三等奖）


## 【双调·折桂令】怀化散曲社
## 荣获"湖南散曲工作先进单位"称号

奖牌儿领绽了心花，振了精神，忘了疲乏。一时间天地平宽，一刹那春光尤美，一片儿红紫堪夸。莫笑俺心猿意马，须知咱曲径摸爬。梦了芝麻，拼了身家，遇了东风，得了西瓜。

## 【正宫·叨叨令】咏 "排风王" 郭帅红

经年累月工场上，刮风下雨奔忙状。手持器械车流畅，连通千里欢歌唱。了不起也么哥，了不起也么哥，排风王名号真真棒。

（收录于《诗咏劳模》，禹丽娟、刘空军合写）

## 【南吕·四块玉】咏 "最美广铁人" 张志坚

浓郁眉，年轻样。带领同仁奋翱翔，创新技术攻关畅。学欲狂，事不慌，日夜忙。

（收录于《诗咏劳模》，禹丽娟、刘空军合写）

## 【正宫·叨叨令带折桂令】
## 返乡创业的大学生卓成涛

泥坑地里飞身跃，果蔬园里新方效。手机屏里推销妙，朝夕汗里青春耀。好小伙也么哥，好小伙也么哥，兴村梦里欢欢闹。〔带〕犹记得多少辛劳，几度盈亏，无数煎熬。一次次讨教专家，一番番求学实践，一程程问鼎高标。挫折时微微一笑，成功后妥妥三包。直使得合作社乐业陶陶，直播间买卖嚣嚣，富桃源民物欣欣，新农人意气骄骄。

（"长沙银行杯"乡村诗词大赛入围奖）


## 【中吕·醉高歌带喜春来】
## 赞全国"五一劳动奖章"获得者陈自祥

恭如赤子周详，笑若三春霁朗。哨声威似军歌唱，通畅人车共爽。〔带〕牵童扶老当铜杖，病体贤妻独卧床，沾尘渗汗任风霜。都敬仰，点赞几箩筐。

（收录于《诗咏劳模》）

## 【正宫·脱布衫带小梁州】赞全国劳模、"湖南省最美电网人"张国强

卸戎装换上工装，远洋场驻守山乡。尽心维千层电网，忘情欢万家灯亮。〔带〕莫讶频繁得表彰，真是繁忙。风霜雨雪太寻常，偷闲望，午夜也疯狂。〔幺〕除灾抢险"超人"样，每疾行、脚步铿锵。父母叨，妻儿怅，警铃一响，依旧赴前方。

（收录于《诗咏劳模》）

## 【双调·水仙子】赞"火车头奖章"获得者、湖南省劳模郭帅红

茫茫道砟步锵铿，重重横杆每巧拧，回回作业遵规定。勤学得要领，放风王，岂是虚名。安全卫，事故零，好个明星。

（收录于《诗咏劳模》）

## 【双调·水仙子】赞"火车头奖章"获得者、湖南省劳模、"最美广铁人"张志坚

创新路上领军行，故障来时随处清，妙方总结成篇赠。忙忙如万能，号"超人"，日夜无停。丹心献，硕果盈，工匠精英。

（收录于《诗咏劳模》）

## 【南吕·干荷叶】暮春

草茅深，柳丝长，叶密生机益。翠山冈，丽山阳，池温蛙醒问鸳鸯，谁在枝头唱。

鸟深藏，蝶迷茫，燕歇幽幽巷。遍青苍，远芬芳，颓然红紫半凋亡，谁在心头怆。

雨绵绵，湿茫茫，布谷欢歌荡。立新秧，护青粱，云烟晓雾绕山塘，谁在田头望。

## 【正宫·黑漆弩】荆坪古村蔬菜种植基地香葱美

亭亭玉立如兰傲，古韵里小样儿新巧。似争妍郁郁青青，个个变蔬为宝。〔幺〕醉春风更醉清香，买卖两皆欢笑。哪根葱都算功臣，一起助振兴走俏。

## 【越调·小桃红】金莲花

风吹色艳漫茫茫，朵朵浓于酱。映得云天倍辽亮，好风光，野原亦有娇模样。枝枝奋昂，翩翩怒放，真个美无双。

（收录于《草原情》）

## 【中吕·醉高歌带喜春来】 湖南省溆浦县北斗溪镇坪溪村

山山翠绕云偎，户户花香院美。风恬气爽桃源味，恍惚人行画里。〔带〕花瑶老少姿容丽，生态农田鱼稻肥，白墙青瓦静生辉。闲一窥，小寨正腾飞。

## 【双调·折桂令】芷江古冲村
## 开荒种板蓝根的退伍军人张一晖

守初心报效家乡，告别军营，重返村庄。坡地平匀，荒山改造，中药栽秧。一锄锄情连梦想，一滴滴汗洒高冈。板蓝根福相登场，佳前景阔步乘云，大情怀左右扶帮。

## 【中吕·醉高歌带喜春来】梦中的热闹春节

窗花艳艳添妆，火树煌煌旷朗。荧屏浩浩欢声唱，压岁红包乐抢。〔过〕一席兄弟推杯盏，一院娃们放炮忙，一家姑嫂笑无央。炉灶旁，老母正满面红光。

（发表于《湖南诗词》2023 年第一期）

## 【中吕·山坡羊】赞医务人员

娃呼不应，妻留不听，疫情就是冲锋令。汗珠倾，褂衣凝，忙忙昼夜驱人病，不顾高危传染境。功，从未争；劳，自个撑。

（发表于总第 131 期《湖南诗词》）

## 【仙吕·一半儿】机器人给留观人员送饭

长廊出没逐门敲，走地来回听任劳，铁臂安全来送肴。技真高，一半儿憨萌一半儿巧。

（获内蒙古草原散曲社抗击新冠肺炎散曲大赛优秀奖，收录于2020年第四期《内蒙古诗词》"获奖作品"）

## 【中吕·山坡羊】听刘庆霖会长指导拙作

声无高调，言无急躁，个儿威猛人含笑。析秋毫，助推敲，他倾心血咱开窍，一霎感怀萦一脑。诗，改太好；茶，喝太少。

## 【双调·折桂令】访宝丰清凉寺汝官窑遗址

恍惚间穿越从前，工匠成群，旷野腾烟。慢把泥揉，轻将浆注，右转坯旋。指掌处形模静显，眉眼中神色欣然。重见无缘，窑冷无喧，坑废无灰，客看无言。

（获第八届"三秦杯"女诗人诗词写作大赛优秀奖）

## 【仙吕·后庭花】大明湖畔喝大碗茶

传言听有无，浮云看卷舒。大碗随他土，毛茶不厌俗。大明湖，何王可遇？且学大老粗。

## 【仙吕·后庭花】游延安

经年梦里求，一朝圣地游。高铁连南北，长桥接岭丘。觅无休，羊肠何处，通衢并万轴。

市容车上瞅，旅食掌上搜。坦坦纵横道，森森远近楼。客闲遛，无边时尚，阳和丽影稠。

南泥湾景悠，杨家岭迹优。窑洞烟无见，信天游自由。碧云流，山清水秀，花开乐不休。

三山脉脉兜，一河静静流。阙伟风云淡，灯明歌舞悠。妪翁柔，儿童嬉戏，繁星也醉眸。

瓜鲜小米稠，枣甜荞面优。平地纷洋墅，闲花环绿沟。发新讴，凝成一句：延安依旧牛。

（收录于当代文艺出版社出版的《"光彩杯"曲咏三秦 秦中行吟大赛作品集》）

## 【双调·拨不断】老龙头长城感怀

倚城头，探龙头，滔天白浪长相逗，映日轻帆远正悠，寻踪游客频来溜。遗碑壁静，澄海楼闲；孤台烟绝，故事音遥。换人间古楼依旧。

注："换了人间"出自毛主席《浪淘沙·北戴河》。

（收录于《长城情》）

## 【双调·蟾宫曲】角山长城怀古

叹当年智勇非凡，一障连天，一隘依山。平顶闲行，高台畅望，烟散城安。幻声中刀光盾板，疑岭上鼓角旗幡。影远痕残，墙稳砖斑，人去无还。

（收录于《长城情》），发表于 2024 年 01 期《湖南诗词》）

## 【双调·沉醉东风】游曲阜三孔景区

曲阜孔庙

那层阙巍巍到顶，那雕龙栩栩如生。古柏林，幽松径，一座座石刻碑亭。院落深深大殿闳，重门外晴阳弄影。

曲阜孔府

玺彩画依稀动影，重光门熠耀夺晴。衙署威，花园静，随处见圣府尊荣。古井唐槐伴各厅，闲观罢迷犹未醒。

曲阜孔林

千年墓幽幽异景，松柏风袅袅无声。石刻工，桥坊迥，座座碑功绩分明。游客徐趋脚不停，鞠躬际凝然自省。

## 【双调·雁儿落带得胜令】
## "五一"劳模表彰大会

无边胜日欢，不尽华堂焕。奖杯敬意满，奖状荣光漫。〔带〕致礼正衣冠，含笑佩花团。已把明星胜，更将"铁粉"攒。全盘，仪式真连贯；高端，劳模最美观。

（收录于《湖南诗词特刊 [ 曲咏百年 ]》、以及江西女子散曲社主办的《江右曲花》）

## 【中吕·普天乐】初夏乡村

绿阴合，清溪漩，天蓝云净，气爽风鲜。鹅鸭嬉，翁婆谝，俯望鱼游心生羡，醉池塘荷叶田田。尘嚣去远，歌谣来缓，好个世外桃源。

（收录于《田园情》）

## 【中吕·醉高歌带喜春来】百丈漈

深深迥野非常，郁郁青林浩莽。浑如世外层层嶂，我把仙侠畅想。〔带〕飞流注壑雄千丈，水气岚烟漫涧冈，凉风杂响绕何长。飙一嗓，莫笑老来狂。

（发表于《湖南诗词》2024 年第 4 期）

## 【仙吕·醉中天】宅之乐

近视重加近，昏脑更加昏。贴着书间叮似蚊，欲吸偏难进。自顾自埋头入神，假装勤奋，管他收获几多分。（看书）

一脑思潮漾，一笔写流光。仄仄平平一顿忙，快意谁能量。优劣随心不慌，友圈中放，任人褒贬无妨。（写诗）

菜谱时常看，菜式换频繁。炒煮煎蒸总耐烦，比我诗文粲。今日红烧大餐，明朝香饭，悠哉家乐人安。（下厨）

（发表于第十二辑《中华散曲》）

## 【双调·折桂令】赞嫦娥六号

如仙羽万里轻行，一路奇踪，举世凝睛。转动穿云，飞奔向月，自在观星。登背面游游异景，采样品探探瑶庭。不是雄鹰，胜似雄鹰，本是精英，更似天兵。

## 【仙吕·锦橙梅】抗洪救灾解放军来了

艳红红大帜扬，齐整整步声锵。神兵天降正登场，浊浪中徽章亮。〔幺〕驾艇老弱速帮，耸肩妇幼皆扛，洪水翻弄影忙。好儿郎，舍生忘死来救援真真棒。

## 【双调·水仙子带折桂令】一担银圆示忠诚（忆周玉成将军）

银圆一担岂平常，忠义千秋仍慨慷，颂声万代犹嘹亮。交公不自藏，任穷家卖地丢房。条条路，道道冈，都记得大爱衷肠。〔带〕都记得大爱衷肠，雪岭荒坡，草地泥塘。跋山涉水中脚蹬芒鞋，夜以继日中肩挑"巨款"，敌追我打中志满胸腔。何妨那官衔屈枉，且信咱组织周详。概不慌张，只自繁忙，默与坚持，永向阳光。

## 【中吕·醉高歌带喜春来】
## 瞻杜屏少将的三枚勋章

星儿五角柔伸，城阙无边矗稳。旗儿飘荡云涛奋，戎马生涯自品。〔带〕一瞻似刻红军印，一叹犹存抗日魂，一留解放战争痕。知大恩，勋章灼眼谢纷纷。

## 【中吕·快活三带朝天子】
## 唐延杰杀彭德怀坐骑

非因俺不仁，只是路艰辛。强睁泪眼湿津津，忍痛挥刀刃。〔带〕惹瞋，诘询，香袅声方振。汤汤水水惜而吞，点滴真滋润。你解头昏，他舒冷晕，敌围终不窘。抹唇，奋身，阔步朝前进。

注：1935年8月红军长征开始过草地时，红三军团已经断了粮。彭德怀来找唐延杰，问有什么好办法。唐延杰提议杀了军团里仅剩的负责驮用重要物资的6头骡子，其中一头还是彭德怀的坐骑……正是这6头骡子，让红三军团的将士们恢复了部分体力，终于走出了草地。

## 【正宫·脱布衫带小梁州】
## 全国残疾人职业技能大赛

手儿翻舞动针铓，线儿飞绣醒鸳鸯。理头型新姿飒爽，煮咖啡异香飘荡。〔带〕轮椅知心助力忙，稳稳当当。假肢爱主效劳狂，齐齐上，设计又安装。〔幺〕多才好似"超人"样，竟还能网络行商。容烁光，声洪亮，嗟哉此景，个个不寻常。

（获第三届"助残杯"全国诗词大赛优秀奖）

## 【小石调·青杏儿】看爱人修风扇

弓背并弯腰，手中拿起子锥刀。目光炯炯专家样，线儿理理，芯儿弄弄，胶布包包。〔幺〕合盖复瞧瞧，试开关各档微调。清风送处欢声动，汗儿收了，人儿笑了，俺这厢眉眼频抛。

（发表于 2024 年 8 月 1 日《湘江听潮》）

# 【正宫·脱布衫带小梁州】
# 老陈家的260亩抛荒田又复耕啦

扑楞楞鸟雀欢惊，响隆隆机器轰鸣。旧田儿翻身笑醒，小苗儿挺腰高兴。〔带〕只见那涓上飞涟畅且清，哗啦啦水珠儿鲜亮晶晶。还看那虹辉楠竹渡槽明，横山岭，正源源波漾送无停。〔幺〕曾为一水通宵等，惬而今活水盈盈。禾得福，咱来劲，下茬乘胜，再种万丘粳。

（获"韶灌杯"全国山水诗词大赛二等奖，被收录于《湖南山水诗词[湘潭韶灌卷]》）

# 【小石调·青杏儿】夏韵

心静自然凉，任蝉儿飞短流长。观莲浇菜闲窥象，有风也好，无风也好，两不相妨。〔幺〕人坐翠中央，犬呼呼睡在篱旁。茶余诵个新花样，古音也掷，新音也掷，一味高腔。

## 【双调·清江引】夏日黄昏小池塘

颇惬此时图画景，烟树霞光映。蝉吟"三字经"，蛙鼓浑身劲，荷秀碧池鳞弄影。

二三客人惊妙境，拍照多高兴。你沿水畔行，她向花前定，咔嚓不停留笑影。

## 【小石调·青杏儿】春游桃花潭

无处不飞红，醉春风一路香踪。桃花碧水飞烟共，群山也好，桥亭也好，诗意弥浓。〔幺〕芳草遍西东，掩星檐小巷幽同。踏歌古岸勾人梦，李白何处，汪伦何处，脉脉由衷。

（获首届"桃花潭酒杯"全国散曲创作大赛优秀奖）

## 【双调·折桂令】
## 赞桃花潭酒业酿造车间老班长张忠全

转头间四十华年，一念初心，半世深缘。脆生生的锅铲欢声，悠荡荡的甑锅雾霭，袅腾腾的蒸汽芳鲜。一锹锹翻粮拌转，一勺勺摘酒精研。夸不尽那下曲之专，入窖之虔，至味之真，法古之坚。

（获首届"桃花潭酒杯"全国散曲创作大赛二等奖）

## 【双调·折桂令】观乌兰哈达火山

看层层褶皱如皴，红黯苍颜，斑驳纹身。多少年无语沧桑，多少蕴为谁蓄势，多少回枉自独焚。馀一个空中巨吻，剩万年梦里痴魂。而那辽原的气正氤氲，客正殷勤，风正飘柔，花正缤纷。

## 【双调·折桂令】
## 携手老伴游乌兰哈达火山地质公园

手儿牵自在行行，步履徐徐，笑语声声。歌一歌辽阔青原，叹一叹浑雄锥体，叨一叨火热曾经。何妨这皱皱近影，更喜他顽朴深情。那画儿般的水云间夕照晶晶，花雾盈盈，长调悠悠，归马宁宁。

## 【双调·雁儿落带得胜令】警予劝学

也不惧棘荆肤底穿，也不惧狼虎林中现。也不惧泥淤滑并玄，也不惧匪患凶和骗。〔过〕她自遍地跑圈圈，各户复言言。整日的思怀贫女殷勤劝，情系女学心力专。志坚，渐增百众符初愿；光鲜，终亮一方成率先。

（收录于《湖南诗词特刊 [ 曲颂湖湘英烈 ]》）

# 【双调·新水令】读陈觉《与妻书》

忍开遗翰泪如潮,更堪怜这别样的丈夫格调。墨枯情未尽,纸脆志弥高。纵已黄焦,犹自吐光耀。

〔驻马听〕"岂用多描,皆有亲人和老小!""何须絮语,谁无骨肉与同胞?"飒然一笑赴刑郊,凛然万刃朝陵道。风怒号,铁窗四面同悲啸。

〔乔牌儿〕本是连枝春正好,比翼梦多妙。偏将缱绻成遗告,今儿个死而心未老。

〔天仙子〕豪气重重透,端的是行间字字血如烧。纸上斑斑的激愤犹存,篇中浩浩的雄音似绕。锋摧笔折也寄意正滔滔:"愿此后世上无妖!""唯求国强民富饶,咱江山万媚千娇。"

〔尾〕恭读罢摩挲尺素还凝眺,威千古英魂未杳。永恒的忠贞廿五岁青春,化作人间不灭星辰日华皎。

(收录于《湖南诗词特刊 [ 曲颂湖湘英烈 ]》)

## 【双调·雁儿落带得胜令】
## 到内蒙古察右后旗火山脚下前进村

鲜艳艳的流光满地花，亮晶晶的溢彩烟霄画。苍古古的火山衬脸霞，朴憨憨的笑靥迎游驾。〔带〕馔异奶茶佳，客到锦毡华。康养研学处，牛羊汗血马。听吧，长调分明话：瞧咱，富饶好个家。

## 【大石调·初生月儿】
## 可敬可爱的奥运冠军全红婵（中华通韵）

身材细条扛大梁，水战群雄夺大奖，答言率性顶大方。小姑娘，真霸王，拿捏中一震八方。

## 【正宫·醉太平】教师节再咏张桂梅

面多皱纹，手满伤痕。如柴瘦影大忙人，不停导引。喇叭频喊学风振，奔波家访心源润，女儿圆梦万民欣。讴难意尽。

## 【黄钟·人月圆】与夫君在乡村院里过中秋

风摇桂影参差晃，满院静飘香。杯间茶酒，盘中月饼，屋上蟾光。〔幺〕偶同吟诵，继而歌舞，也话家常。老头微醉，老妻微笑，一对鸳鸯。

## 【中吕·山坡羊】长江禁渔十年后

游船轻驾，游鳞欢逛，游人忙看颇稀诧。叹哇哇，笑呀呀：它们远近浑无怕，禁捕奖惩真妙法！鱼儿，回到家；河儿，欢大家。

　　（收录于《长江情》）

## 【中吕·山坡羊】
## 长江之"肾"——西溪湿地公园

碧空澄滤，翠茵轻布，游人舟上迷鸥鹭。湿烟濡，野风徐，鸟鸣随处欢无数，高贵天鹅闲戏舞。蓬莱，算甚谱？西溪，真个酷。

　　（收录于《长江情》）

## 【黄钟·贺圣朝】参加"喜迎国庆"登山活动

枫径香，队形长，神气昂，健步如飞登岭冈。大旗飘飘势奋扬，呼口号响铿锵，一声声夸国强。

## 【商调·梧叶儿】寒露节气山行

迷银杏，欢菊丛，露冷任从容。云天碧，桔柚荣，野榴红，秋韵味、徐徐正浓。

（发表于《湖南诗词》2023 年第 4 期）

## 【黄钟·贺胜朝】参观杂交水稻发源地博物馆

光影煌，穗形彰，资料详，面面坚实承重墙。万年终于稻梦香，凝情望细思量，缓行中怀念长。

## 【黄钟·贺胜朝】鲁迅故居

流水环，拱桥弯，石井顽，三味仍存书屋间。最欢青葱百草繁，皂荚树郁难攀，野茼蒿香若兰。

## 【黄钟·贺胜朝】无锡古运河夜游

游古河，唱今歌，同咏哦，溢彩流光花样多。恍如玲珑一妹陀，繁华里舞婆娑，自然将声色夺。

## 【商调·梧叶儿】秋游乐忘忧

寻银杏，穿菊丛，扶杖亦从容。云天碧，枫叶红，世尘空，谁在此悠然画中。

## 【中吕·醉高歌带喜春来】闲逛年货市场

声声议价铿锵，处处围摊闹攘。老妻老汉年轻样，携手街中晃荡。〔过〕这边灯饰红而亮，那畔花丛娇正芳，谁家糕点美犹香。偷一尝，笑得像个小姑娘。

（发表于 2024 年 4 月《中华诗词》）

## 【越调·小桃红】摘野范

蚁多虫乱兴仍添，山果谁能厌。颗颗丛中斗娇艳，刺何嫌，欲尝难止来来渐。舌伸似舔，馋吞无验，味道任酸甜。

（发表于《湘江听潮》）

## 【正宫·叨叨令】乡下赶场看售卖乐器

锵锵音响声声沸，悠悠音调迷迷醉。咔咔按键滔滔说，闲闲父老茫茫对。怪好听也么哥，怪好玩也么哥，偷偷互问何人会？

（发表于 2023 年第 12 期《中华诗词》）

## 【黄钟·人月圆】院里来了三十只鸡苗

队形未列声先到，一片咿嘈嘈。这只呆望，那只怯缩，集体惊嚎。〔幺〕端盆碎谷，拌盆青菜，呈上佳肴。命其别闹，劝其乖巧，大伙儿闲聊。

（内蒙古草原散曲社 2023 年 7 月份推优）

## 【正宫·叨叨令】湘西借母溪原始次森林

溪清壑冷连空翠，花繁叶绿添新媚。林深草密成青被，山香气润滋肝肺。大氧吧也么哥，胜仙境也么哥，鸟鸣风爽人陶醉。

（收录于《林海情》）

## 【双调·殿前欢】张家界国家森林公园

此幽峡，溪中鱼叫似娃娃。云飞雾罩青萝挂，羡煞仙家。春来鸽子花，气爽秋还夏，四季丹青画。禽歌不断，林碧无涯。

（收录于《林海情》）

## 【黄钟·人月圆】观赏佳丽姐乌兰布统草原视频

景儿独特双眸亮，真个胜天堂。无边无际，无拘无束，无造无藏。〔幺〕媚娇花草，飘浮云朵，自在牛羊。野香馥郁，清风袅绕，长调悠扬。

（发表于《中华散曲》第25辑，2024年4月）

## 【双调·折桂令】贾家庄贾老汉的晚年生活自述

咱老汉福气多兮，一天天扭扭秧歌，一番番玩玩琴棋。今儿个舞蹈排场，明儿个拔河比赛，后儿个手艺传遗。食堂饭免费餐餐坐吃，村供茶含春盏盏香蕤。体健如期，心醉佳期，且乐余年，浑忘归期。

## 【仙吕·寄生草】待落却未落的骤雨

雷声大，雨影遥。轰隆似把天宫闹，哗啦欲把乌云倒，噼啪但惹闲人瞅。浮尘若雾乱纷飞，浮夸如我勾人笑。

（发表于《湘江听潮》）

## 【中吕·迎仙客】隆回花瑶白水洞梯田

破翠光，尽金黄，玉粒垂珠齐映阳。百层高，数里长。风拂香香，美美丰收样。

（收录于《田园情》）

## 【仙吕·后庭花】动物园里看动物（通韵）

旧林在哪边，归山在哪年。力弱栏杆遍，声残游客喧。倩谁怜，不如酣睡，悠悠山梦甜。

（内蒙古草原散曲社月课推优）

## 【南吕·干荷叶】塞北北票大黑山

天风荡，地门开，雁过回声在。讶寒材，上空阶，无言独立最高台，魂已苍茫外。

奇峰迴，怪石多，苍野闲中卧。许云合，听风歌，徐登栈道问仙陀，曾有谁经过。

肃原野，壮岩丘，苍莽谁描就。奇景望全收，吟心感无休，雅言佳句苦寻搜，深愧词难够。

（收录于《谷乡绿韵》）

## 【南吕·干荷叶】
## 暴雪中与崔姐同困赤峰机场宾馆

趴床上，倚窗旁，各种慵慵样。姐在写诗忙，妹在弄文狂，安安静静意无疆，已把重围忘。

小啤酒，大红肠，把盏祈无恙。快餐香，漫谈长，声声大笑每悠扬，雪花儿窗外轻飘荡。

探情况，细商量，共把羁途望。你拿粮，我续房，互帮互助向前方，纵住个半载如何样？

## 【双调·庆宣和】冬日

炭火轻燃暖气浮，闲坐围炉。矮凳台盘小茶壶，慢煮，慢煮。

灯火幽明温色濡，慵卧闲读。窗外寒风任号呼，看书，看书。

沸灼炊锅小火炉，围坐如如。酒暖腮红若霞敷，继续，继续。

## 【正宫·汉东山】退休一年多了

过哪座桥来横哪段河，到哪座山来唱哪支歌。一路效东坡，自安也么哥，美食催诗笑声多。闲赏荷，也养鹅，少风波。

## 【南吕·四块玉】我家园里冬菜

与命争，朝天纵。地冷依然乐从容，冬荣胜那春时梦。白菜青，萝卜红，莴苣雄。

## 【仙吕·后庭花】吟屈原《九章(涉江)》

穿山涉水行,忧时守志清。孤愤空难尽,悲吟偏不停。叹声声,谁闻谁应,满天寒气萦。

（内蒙古草原散曲社月课推优）

## 【黄钟·节节高】三月三煮地菜蛋

色儿浓绿,气儿浓郁。馋涎欲涌,烫犹不顾。野菜香,民俗趣,味感殊,一抚安康意图。

## 【仙吕·一半儿】赏暮春杜鹃花

这枝孤立那枝偏,这瓣枯凋那瓣连,这树昏黄那树嫣。过时妍,一半儿余芳一半儿蔫。

（发表于 2022 年 02 期 [ 总第 139 期]《湖南诗词》）

## 【中吕·山坡羊】"老实人"罗荣桓

级别何虑,大局惟顾,任连代表仍欢赴。不分殊,爱兵夫,配合整顿倾心助,民主风帆全力举。改编,神一补;三湾,神一谱。

(收录于《桓桓于征 [ 纪念罗荣桓同志诞辰 120 周年诗联大赛作品选 ]》)

## 【黄钟·人月圆】嫦娥喜入新时代

嫦娥莫悔偷灵药,往返已无忧。飞船飙飙,卫星稳稳,火箭飓飓。〔幺〕曾经迥汉,现今连地,明日交流。忽谁来逗:老乡妹妹,可愿同舟?

广寒宫外门谁扣?惊起醒双眸。风弦清响,云烟轻袅,光色清幽。〔幺〕伊人移步,兔儿藏影,桂蕊交头。观思良久,依然齐讶,是甚仙舟?

一槎飙向人间去,不再作仙囚。挥别幽桂,吻别寒兔,别了琼楼。〔幺〕故园连近,故人欢聚,故事新讴。共倾柑酒,同尝月饼,觉甚乡愁。

(《五溪曲苑》第七期推优,《潇湘曲苑》"曲林鉴赏"栏目发表)

## 【中吕·山坡羊】咏自在庄园

依山景妙，临河风妙，傍花映日何其妙。早莺娇，晚香飘，绿荷青菜宜时茂，茶蘼吟歌清韵袅。天，也任老；人，也任老。

## 【中吕·普天乐】种菜（中华新韵）

稳挥锄，匀播种。编篱似网，引灌如龙。身也蹲，泥犹弄，汗水狂流由它纵，乐今朝学作山农。湛湛碧空，熙熙暖日，袅袅清风。

（发表于2023年9月第二十四辑《中华散曲》）

## 【双调·沉醉东风】我市解封（中华通韵）

影齐现人烟点点，笛争鸣车水涓涓。街似新，楼如绚，笑喧处风动翩翩。红绿时装照眼鲜，唯懊恼腰肥待减。

（发表于2023年3月第二十三辑《中华散曲》）

## 【双调·沽美酒带快活年】看爱人做年饭

呼呼一阵忙，唰唰数声扬，炖煮煎蒸喷喷香。瓢盆脆响，小曲儿嘴哼唱。〔带〕红椒酸菜爆肥肠，乌鸡清炖汤。唤妻好酒莫珍藏，赫赫来桌上。任他世事频升降，年要爽。

（发表于《中华散曲》第16辑以及江西女子散曲社主办的《江右曲花》）

## 【中吕·喜春来带普天乐】早春郊游

村幽路静东风细，天阔云轻暖旭熙。野花半绽把人迷。欣动腿，登岭复穿畦。〔带〕梦魂乡，桃源味。门旁黑犬，墙下黄鸡。鸭浮潭水澄，草长山光丽。小鸟唧啾无停戏，绕枝间不问东西。俗事已抛，闲身未老，夫复何期。

（发表于2021年02期《湖南诗词》）

## 【中吕·山坡羊】雨晴不定感初春

昨垂如线，今消如箭，顽皮春雨真能变。大山巅，小花园，时而晦黯时而绚，何待商量何待选。阴，也任天；晴，也任天。

（收录于江西女子散曲社主办的《江右曲花》）

## 【正宫·醉太平】赞航天英雄景海鹏

三巡太空，一走苍穹。似猴王大闹天宫，云飞雾涌。于是神州山水欢声动，更有非洲蹈舞狂歌颂，最喜欧洲碧眼转眸恭。无不夸英雄智勇。

（收录于《湖南诗词特刊 [ 曲咏百年 ]》）

## 【双调·殿前喜】四十年后回双峰

别时未有扁担高，半百归来迷路了！洋楼画阁倚云霄，大铁桥，宽车道。相逢不识也欢邀，人人似富豪。

（"百年风华"庆祝中国共产党成立 100 周年冯子振杯散曲大赛优秀奖，收录于《冯子振杯全国散曲大赛作品选编》）

## 【仙吕·后庭花】骑共享单车

长街小巷重，近郊广陌中。脚蹬凌空板，人迎拂面风。任西东，寻芳访胜，飞如自在蜂。

（发表于《中华散曲》《湖南诗词》）

## 【南吕·干荷叶】柳絮

柳花絮，漫茫茫，忽起空中荡。越东方，过西方，如烟聚散任风扬，一副逍遥状。

柳花絮，静苍苍，似雪当空降。不生香，但流芳，来年新种藉风扬，一梦今时酿。

柳花絮，涌泱泱，起舞惊烟瘴。两鬓未成霜，满身已成妆，行人欲避却难藏，一种空惆怅。

## 【中吕·朝天子】咏喇叭花

不讲，不响，得个虚名象。其实娴静似姑娘，只照风光亮。玉面多娇，纤腰非壮，天姿不用妆。饰墙，印窗，弱也留春盎。

（发表于2021年04期《湖南诗词》）

## 【正宫·脱布衫带小梁州】游湘西苗寨有感

喜苗胞个个欢颜，醉苗家顿顿甘餐。溪水鱼茶油黍徽，菜园蔬红椒青蔓。〔带〕胜殿新楼立半山，映日飞丹。门开秘密任人看，齐嘉叹，淳朴这般安。〔幺〕云浮翠岭成高岸，瞰清湖相共悠闲。生态游，人天赞。振兴村寨，一路跃金鞍。

（发表于《中华散曲》第18辑以及江西女子散曲社主办的《江右曲花》）

## 【中吕·醉高歌】咏枫叶

红于二月花儿，艳胜千年玉儿，风中与我闲相视，共享清秋乐子。

千年自在成诗，一画天然映纸，风光秋后真能事，羡杀春姑妹子。

随缘独媚寒枝，任性偏生丽姿，风流末迹从容示，不唱悲秋调子。

## 【中吕·山坡羊】旅行遇防疫折回

秋烟秋露，寒潮寒雾，愁烦千缕和谁诉。本无辜，已如俘，自由尽被新冠误，兴旅程程难靠谱。居，也受苦；途，也受苦。

（发表于 2022 年 01 期《中华诗词》）

## 【仙吕·一半儿】各种征文大奖通知满目

条条喜气赫无声，字字荣光耀似星，款款吹嘘忒著名。寄无停，一半儿糊墙一半儿扔。

（发表于 2022 年 01 期《中华诗词》）

## 【中吕·山坡羊】南山大草原

氧香浓郁，草茵浓绿，南方第一非虚誉。野云舒，市尘无，憩能蒙古包中聚，游可马儿身上舞。牧场，景致姝；山庄，度假愉。

（收录于《草原情》）

## 【中吕·山坡羊】新疆那拉提草原

草旁松树，河边烟雾，原中五彩花香郁。壮神驹，老闲驹，狂奔悠步皆欢趣，小伙姑娘频乐舞。弹琴，客一呼；扭脖，客更呼。

（收录于《草原情》）

## 【中吕·齐天乐带红衫儿】路遇"六一"晚会小演员

红裙彩袜真酷，照眼人人注。凝肤，如嫩蕊珍珠，已昭明、举世无污。舒舒，声脆嘟嘟，步跃扑扑。宝贝娇儿，锦绣风殊。朝气传，阳光沐，谁不欢呼。〔带〕此际心无虑，日后功犹巨。静读书，默强躯，厚爱焉能负？邀白驹，看灵雏，苗壮成材竞速。

## 【双调·楚天遥带清江引】秋雨中倚窗远眺

弹指夏声收，屈指悲秋到。氤氲爽气佳，萧瑟凭谁吊。莫唱雨霖铃，雨已争先落。时换不停轮，景物难常好。〔带〕天若有情应叹愀，暗里光阴老。风凉入室窗，雾重锁山岰，使人将看开白看了。

（收录于江西女子散曲社主办的《江右曲花》）

## 【越调·小桃红】夏夜夫妻家中小酌

一盘豆腐一盘瓜，把酒清闲话。电视言情未惊讶，笑呀呀，何如我俩神仙卦。香淡或差，炎炎或假，此乐孰能加。

（发表于第十辑《中华散曲》，2019 年 11 月）

## 【越调·小桃红】初次跟洋老板购物

相逢先笑不吱声，看货同肤映。黄黑之间语言迥，各无惊，详观细问心犹劲。一能趣生，二能实证，未果亦高兴。

一声你好便相亲，语怪闻犹振。欲与交流叹难问，望纷纷，巧将手势频来认。为人算真，为商却吝，高价误诸君。

佯装有兴望稀奇，偶把人窥睨。肤色参差吐音异，似叽叽，犹添手势传心意。玩成更期，购为不计，一路逛而嘻。

## 【越调·凭阑人】霜花

水水灵灵不是花，亮亮晶晶自吐华。诱人姿态佳，欲折无处抓。

## 【仙吕·后庭花】贺微刊
## "华夏第一村诗书画影"改版为"神州诗坛"

内蒙野色苍，草原诗韵长。七载呈千藏，一刊传四方。又新妆，增妍增势，必将姿更昂。

## 【中吕·山坡羊】纪念毛泽东同志 《在延安文艺座谈会上的讲话》

如珠炜烨，如光焕射，如旗高举迎风猎。径无斜，意无邪，飒然创作谙优劣，知向何人何事写。心，敞亮也；弦，响亮也。

## 【中吕·山坡羊】喜迎冬奥会

心来成就，智来铺就，冰天雪地风光秀。住场牛，赛场优，气场腾涌雄天宙，冬梦馨香怡众友。输，欢乐有；赢，欢乐有。

## 【越调·小桃红】清明节悼友

春山春色又芳菲，岂识哀滋味。烟袅幡飘酒深酹，烛幽辉，心酸心念同谁说。何时梦归，何时再会，何日共衔杯。

## 【中吕·山坡羊】咏全国优秀共产党员张桂梅

山区百劝,校园千啭,心随贫女殷勤献。越长川,上云巅,滩危兽猛艰辛遍,多病犹伤仍自勉。功,何用言;名,何用言。

## 【中吕·朝天子】中秋夜

大饼,小饼,味在团圆庆。阖家聚坐笑盈盈,共赏银蟾镜。飘桂怡情,煎茶适兴,今宵万事轻。语声,唱声,妒杀仙和圣。

## 【双调·雁儿落带得胜令】元旦感怀

寻常静起居,落寞闲情绪。元辰得得扑,岁月堂堂去。〔带〕晚更入穷途,势必化枯渠。天命谁能控,此时但勿辜。诗书,古色怡心目;山区,清风润体肤。

## 【黄钟·人月圆】端午

昌蒲艾叶门前挂，窗外灼榴花。赛舟云赏，亲朋聚坐，笑语纷哗。〔幺〕炒盘红苋，来碟紫蒜，拌个黄瓜。粽儿香软，酒儿滋润，康乐人家。

## 【中吕·山坡羊】合唱红歌

词儿如令，曲儿如应，歌儿一启浑身劲。颊腮撑，嗓音铿，遏云动地腔儿正，个个昂头还纵颈。功，或欠精；心，绝对诚。

## 【越调·黄蔷薇带庆元贞】七夕有感

其人虽迥远，其事竟流传。千载仙凡绻缱，此刻云烟漫卷。〔带〕一时相遇结奇缘，一生相爱似佳鸳，一家相聚靠颊肩。休言是旧篇，可喜是真诠。

## 【中吕·山坡羊】电视看河南水灾

涛涛腾沸，茫茫沦晦，倾楼淹路禾苗废。水如追，浪如推，人车一入叹难退，大剧奇观惊太诡。新闻，满目飞；心情，无限悲。

## 【中吕·山坡羊】赞救河南水灾之消防官兵

满身湿腻，遍周寻觅，冲锋艇满忧民意。踩污泥，忘饥疲，迎风冒雨浑无畏，为救苍生同浪击。火灾，也靠你；水灾，也靠你。

## 【越调·天净沙】元上都遗址

白云绿草苍洼，残碑遗址斑疤，古垒空城废塔。步儿轻跨，望来无不嗟呀。

## 【商调·集贤宾】题2021年河南抗洪抢险

女娲现今何处有？天漏倩谁修。忽喇喇银河溃口，昏惨惨浊浪吞楼。轿车儿翻作浮沤，高速路塌作濠沟。更那堪地铁车厢水狂成倒流，多少人一命悬喉。惊魂嗟险境，泪眼盼援舟。

〔逍遥乐〕忽见那神军驰骤，迷彩奔来，橘红抢救。生死帮扶，把婴儿举过肩头。泥浆里党员脊背连成诺亚舟，超市里老板喊快取粮油。这厢儿医生跪地人工呼吸，那侧儿志愿者蹚泥老弱扶持，陌上儿电工冒雨线路维修。

〔醋葫芦〕"铲车哥"浪里游，"雨衣妹"水里走。一分援助万分柔，一片关怀千恤周。人人成就，送茶送饭各风流。

〔浪里来煞〕自然欢豁眸，由衷多拜手。堤边杨柳又青幽，畦间麦田重绿稠。豫剧声雄浑依旧：大灾压不垮咱硬骨头的同舟共济气冲牛。

## 【仙吕·一半儿】看小区老爷爷学二十大报告

老花眼亦定睛瞧，旧手机犹音量调，小本子还安放牢。兴陶陶，一半儿截图一半儿抄。

## 【仙吕·青哥儿】公园路遇小雷锋（中华通韵）

皆穿短衣红褂，纷拿铁面黑铗，俯首躬身捡又叉。转眼公园净无渣，清如画。

注：指公园环保卫生的红领巾小志愿者队伍。

## 【中吕·山坡羊】趣忆散曲年会吕荣健老师贴二维码于嘉宾牌

鸭舌帽控，坎肩袋动，会场笑貌寻常共。脑儿横，手儿从，二维码小难撩弄，一溜贴来凝玩中。身，顽若童；心，萌若童。

## 【仙吕·后庭花】新秋

叶黄蝉韵幽，云高风势柔。瓜果香如逗，稻禾垂似勾。各悠悠，如诗如画，迷人好个秋。

（2022年内蒙古草原散曲社2022年8月份推优）

## 【南吕·金字经】"三一五"打假

名号很相像，外盒形似同，拆后方知乱塞充。封，全都清理空。齐行动，假虚从此终。

## 【仙吕·一半儿】自驾游西江千户苗寨

人逢此境复何求，山水清妍小寨幽，既看苗姑还看牛。赞难休，一半儿天然一半儿诱。

黔东南里驾车游，一路相观一路遛，何处怡情何处留。自悠悠，一半儿停停一半儿走。

驱车潇洒作闲游，风雨泥坑算个球，未计花销无看兜。待回头，一半儿开心一半儿愁。

## 【越调·凭阑人】四季素描

黄绿芽儿田上排，红紫花儿枝上开。风吹蝶梦来，醒眠人不猜。

日赫炎蒸汗与唉，树下阴凉老与孩。蛙蝉同上台，一齐歌与嗨。

夕照天寒过雁哀，流水凋花群木衰。无端愁入怀，不时容易呆。

万径无踪天下白，千户人都室内宅。围炉肩手挨，笑谈何快哉。

## 【双调·雁儿落带清江引】咏雪

天寒岂谓寒，玉粲休言粲。飘飘晃暮窗，静静敷莹案。〔带〕洁冷一身尘世坦，不理俗人叹。何妨虚幻危，底处春柔蔓。尤保得岁丰融亦安。

## 【双调·庆宣和】年休假

不用慌张去上班，一忘纷繁。遛罢弯儿饭三餐，弄盏，弄盏。

乘兴来时追剧忙，懒化鲜妆。沙发斜依口含糖，好爽，好爽。

心有桃源万景舒，未旅仍娱。茶侧闲翻圣贤书，靠谱，靠谱。

窗外吟诗窗内茶，窗下黄花。万事浮云散天涯，乱耍，乱耍。

## 【南吕·骂玉郎带感皇恩采茶歌】元旦感怀

感时忽又迎元旦，人欢喜、我忧烦，华灯刺眼烟花灿。已忍看，终不安，空长叹。〔带〕这时光似指轻弹，似水幽潺。它去无声，离没影，如驹不归鞍。回头是梦，转眼余残。每年年，常恻恻，复番番。〔过〕望遥山，倚阑干，席终夜静剩风寒。独自心中胡乱侃，管他岁月更无还。

## 【中吕·醉高歌带喜春来】迎新春

可观春水初涓，可听春莺乍啭。可携风引春苞羡，急急抽芽欲展。〔带〕春回大地如通电，疫去人间但化烟，全新景象感连连。辞旧年，好梦必将圆。

## 【中吕·山坡羊】翰林国粹诗社春节联欢云晚会

吟诗歌唱，盈眸屏亮，云端聚会欢如益。演忙忙，喜洋洋，献花点赞堪酣畅，万里同台神亦爽。人，遥四方；情，不散场。

## 【中吕·喜春来带普天乐】早春郊游

村幽路静东风细，天阔云轻暖旭熙。野花半绽把人迷。欣动腿，登岭复穿畦。〔带〕梦魂乡，桃源味。门旁黑犬，墙下黄鸡。鸭浮潭水澄，草长山光丽。小鸟啁啾无停戏，绕枝间不问东西。俗事已抛，闲身未老，夫复何期。

## 【正宫·塞鸿秋】郊外散步

和风霏雨幽纤路，长裙小帽闲徐步。花繁叶嫩陶随处，蜂飞蝶绕盈生趣。悠悠陌上牛，婉婉桑间妇，开心原野千般物。

## 【黄钟·刮地风】清明节感怀

雨细凭窗眺远丘，满目通幽。心随云气到坟头，伤绪侵喉。春天仍复，风光依旧。来世投胎，何时曾又。唯山坚可久，谁人长不朽，都似一梦枉悠悠。

## 【仙吕·一半儿】封控小区收免费菜(中华通韵)

青椒白菜粉肝尖，紫蒜洋葱大块鲇，袋袋堆堆门外拈。品新鲜，一半儿心酸一半儿甜。

## 【双调·拨不断】无题

已无求，且无忧，书中故事当成酒，窗外闲行视作游，笔端风味装如旧。怕人知老来难受。

## 【双调·拨不断】曲乐无穷

话无拘，事无虚，打情骂俏将心诉，叹世忧时把愤舒，论人咏景如谈叙。俗雅皆成趣。

## 【中吕·山坡羊】就地过年

火锅空沸，年糕空焙，堂堂席上人空位。节无归，梦相偎，红包网上传珍贵，笑影屏中倾最美。身，难聚齐；心，已聚齐。

## 【中吕·山坡羊】贺冬奥会开幕

雪冰相映，天人共庆，新年新脆扬新令。起豪声，向前征，千山万水齐来劲，万户千家同亢颈。谁，不愿赢？咱，一定行。

## 【双调·雁儿落带得胜令】春节

烟花化宝符，爆竹开祥序。频频金盏举，阵阵红包雨。〔带〕已祷疫全无，还望祸全除。你许殷勤愿，我言豪壮语。前途，再起铿锵步；新图，仍宜勤奋书。

## 【中吕·卖花声】年前听卖山泉水

凄风雪意犹盈盎，冷雨寒天亦苦忙，凡人生计不悠扬。高音长调，过街穿巷，一声声耳旁回荡。

## 【中吕·山坡羊】贺中国女足夺冠

云飞如跃，风生如啸，踢腾浑似锋离鞘。气轩萧，势雄豪，绿茵恰衬红衣俏，娥影偏因汗更娇。输，拼一脚；赢，稳一脚。

## 【正宫·脱布衫带小梁州】
## 中华诗词学会网改版升级

看圈中惊喜欢哗,看屏中精彩新家。水墨风直通大雅,诗书画并合高挂。〔带〕速递诗词似妙筏,一键临涯。手机电脑两能查,随时刷,处处适宜咱。〔幺〕安全注册休须怕,是当前网里清葭。流远韵,传佳话,恕难细数,点滴尽堪夸。

## 【双调·水仙子】教师节咏张桂梅

川峦跋步老乡家,风雨牵情小女丫。讲台三尺连云架,心灯簇紫霞,一生一梦无涯。当时籽,今日花,而您满手伤疤。

## 【正宫·脱布衫带小梁州】
## 铁路供电检修人的中秋节

远欢声节日如无，守长龙灯火如初。任霜风侵衣透肤，对轨枕快餐填肚。〔带〕丹桂飘香伴倦躯，月色柔濡。忽惊隐患已临阈，争相赴，巧手护通途。〔幺〕风中静眺回家路，耳机中稚子咿嚅。屏幕闪，叮咛诉：今宵圆月，替我照妻孥。

## 【仙吕·一半儿】秋分

人间谁有晚风光，今日天分近末章，心上自怜残气场。转阴阳，一半儿馀温一半儿凉。

## 【中吕·醉高歌】重阳登高望远

一迷天地无声，半醉云烟弄影。中年已爱山中兴，自入人间妙境。

苍光霁日山城，帆色长河渡汀。欲题诗句油然兴，才尽词穷愧景。

凉风落叶飘轻，野菊幽林播馨。鸟儿忽起惊观兴，熠熠斜阳近岭。

## 【越调·天净沙】安化茶马古道

青茶丹桂寒花，红桥绿水豪家，新路清风意马。空村如画，门深别墅凝霞。

桂枝冷艳繁花，深山旧地多茶，古道新妆没马。秋阳轻挂，光阴往事何查。

小楼超市商家，餐厅住宿中巴，广告书图大码。无人无话，风吹树叶咿呀。

注：大码指宣传广告上大大的二维码。其中各类商业均已倒闭。

# 【中吕·山坡羊】闲游靖州

靖州印象

小摊归位，小车归队，行人无累声无沸。瘴无围，路无灰，长街楼宇如图绘，众岭烟云萦梦飞。城，真净美；郊，真秀美。

地笋苗寨

门仍高架，牌仍高挂，鼓楼仍似高高厦。散喧哗，暗嗟呀，溪桥幽草连宽坝，木屋苍苔侵旧瓦。人，去哪啦？名，去哪啦？

注：地笋苗寨曾因《爸爸去哪了》在此拍摄而红及一时。

深山流动超市车

彩车惊艳，喇叭高念，深山驶入谁家店。出门帘，跨阶檐，儿童妇女围观渐，红绿琳琅精细拈。盐，买一点；糖，买一点。

## 【正宫·塞鸿秋】初冬（中华通韵）

半黄半绿山如乱，半无半有溪如断，半寒半暖风如厌，半薄半厚霜如垫。阳光迟钝频，云气幽阴渐。半惊半叹年如箭。

## 【双调·殿前欢】参加网络云笔会

坐屏前，瓢盆锅碗撂池边。寻来眼镜摩挲遍，揩欲成穿。香茶散淡烟，涎空咽，忙识观听件。身伏案上，心在云巅。

## 【中吕·朝天子】怜牛

傻牛，傻牛，肥瘦无人救。托胎世上大号牛，怎奈身为兽。那里围观，这边挑逗，共商咋煮熟。哞哞，哞哞，念个含糊咒。

## 【中吕·山坡羊】省散曲社年会返程途中

湘东飘过,湘西穿过,湘江梦里匆匆过。曲和歌,妹和哥,一堂会聚同欢乐,半日议程参正果。来,喜煞我;回,激励我。

## 【中吕·普天乐】春游岩门公园

久相闻,重来看,游人影动,栖鸟声繁。油菜香,晴阳灿,信步悠闲频增叹,正宽平广陌依山。昔时野地,今朝乐土,已到处新颜。

## 【中吕·十二月带尧民歌】秋游黄岩

风儿袅袅,茅苇摇摇。林间鸟娇,坡上香饶。阳光正好,云影闲飘。〔带〕一峰更比一峰高,一路相惊一边瞧。犹窥花草觅仙妖,恍入蓬莱乐逍遥。身劳腿酸却自豪,一声声儿哼起山歌调。

（中华诗词学会官网展播）

## 【中吕·十二月带尧民歌】秋游坐黄岩顶小憩

岭侧畔朝阳菊丛，悬崖上迎客青松。山地内千林列耸，烟霭间曲径幽通。闲眺处诗图种种，安坐里思绪融融。〔带〕斑斓树色遍西东，缥缈白云静从容。车车马马杳难逢，是是非非去无踪。观风悄然袅袅中，不吹醒俺这清虚梦。

## 【中吕·满庭芳】
## 2024首届"桃花潭酒杯"全国散曲创作大赛获奖

云开九霄，秋光正好，喜上眉梢。风传一路黄梅调，絮絮叨叨。自得意恩怀袅袅，美心情意兴滔滔。休相笑，如获至宝，岂不乐陶陶。

## 【中吕·十二月带尧民歌】
## 参观新的怀化市工人文化宫

朴实处些微饰雕，辉光间半是白描。接地气形如一堡，倍亲民径傍周遭。书屋里诗词任挑，场馆中欢沸惊潮。〔带〕电梯上下自由调，空气流通许风飘。测量防噪恣嗷嗷，仰面观天比高高。东瞧西瞧使劲儿瞧，这娘家真让咱骄傲。

*（发表于《湘江听潮》）*

## 【中吕·十二月带尧民歌】
## 贺湖南省诗词协会女工委成立五周年

也有那新人入场，也有咱老将行腔。常可见微刊酷爽，更还知活动繁忙。回眸处英明领航，赞叹中誉满潇湘。〔带〕知名女队响当当，奖项齐天浩茫茫。五年多少汗如浆，一梦依然恣无妨。今番又昂扬启程向远方，明朝再齐齐整整把胜利歌儿唱。

## 【中吕·十二月带尧民歌】
## 游洪江"芳华年代"景区

车床锈色，铁器浮埃。平房堪矮，老树相挨。风幡显摆，标语横街。〔带〕且行且惜向前来，如幻如真旧图开。河边柳静幻蓬莱，陌上花开映台阶。嗟哉缓游叹且唉，何处芳华再。

## 【双调·折桂令】华行供热来辖区走访排查啦

影匆匆走入东家，直上南楼，又到西家。一番番细看阀门，一句句详询温度，一程程管线巡查。任汗水如泉滴洒，消隐患似玉无瑕。再休言走马观花，端的是护俺如花，送暖如春，步履生花。

## 【双调·折桂令】
## 到华行供热辖内的某学院宿舍看孩子

一裙裙一块纱巾，丝袜薄薄，袒臂伸伸。时令间冬日深深，漫天里寒潮滚滚，窗外头大雪纷纷。顿怜悯于心未忍，忙立刻送袄披身。哪料这妮妮连笑相嗔，掩上房门，谢过关心，直道这室暖如春。

## 【双调·折桂令】漫步无锡大运河畔

半参差半隐烟霞，一水清幽，两岸人家。似丹青缓缓舒开，如梦幻悠悠萦绕，若娇娥袅袅披纱。那搭里吴歌淡雅，这边厢曳舞欢哗。吹着风走马观花，雾里瞧花，步履生花，心放诗花。

## 【中吕·十二月带尧民歌】
## 与中华诗词学会女工委领导及同仁游长沙

暗惊讶那花馀浅红，犹欣喜这柳尚青葱。还欢惬我神江势涌，更敬尊咱圣像横空。看不够地星城种种，赞不完地湘韵融融。〔带〕街头巷尾且留踪，地铁公交也威雄。美颜拍照共从容，笑语闲谈暂轻松。初冬不寒兴味浓，暖暖诗人梦。

## 【中吕·十二月带尧民歌】
## 贺中国燃料站前加油站开业

是哪搭云生五彩，是站前锦簇丰财。好日子祥光似海，好油水贵客成排。初冬里红绸可爱，和风中笑口常开。〔带〕为民为己莫须猜，如雨如潮万金来。今儿个宏图又展爽歪歪，明日间壮志争雄上台台。强哉自然挂玉牌，亮灼灼辉映遥天外。

## 【黄钟·贺胜朝】浙东运河上的水上婚礼秀

红袖飘，赤光摇，声浪高，笑立船头夫妇娇。古装新人衬雅韶，运河也兴滔滔，荡悠悠欢气豪。

## 【黄钟·贺胜朝】在杭州大运河畔逛庙会

穿锦袍，束红绦，修鬓毛，绣扇丝鞋游一遭。拍张簪花照片娇，再学个面人雕，轻轻运河风、袅袅闲自摇。

## 【中吕·山坡羊】
## 赞京杭大运河畔济宁运河经济开发区

废水循环利用，环保媒泥清弄，排矸智辨收择共。种林丛，引春风，园区改造精监控，动态清零消赘冗。产业傍河，滋润中；河承保护，澄绿中。

注：京杭大运河流经山东省济宁市任城区 46 公里，区内 105 家工业企业几乎全部坐落在运河两岸，他们兼顾生态保护和经济发展，沿京杭大运河打造出绿色低碳经济长廊。

## 【商调·满堂红】
## 秋暮初冬与中华诗词学会女工委同仁游长沙

欢观岳麓锦枫红，也波红。醉闻洲上橘香浓，也波浓。秋梦诗梦佳人梦，也波梦。一江风，一城踪，一心融，笑谈声似绕云空。

## 【正宫·醉太平】贺中国燃料站前加油站开张大吉 分韵"鸟"字

欢声凤鸟，喜气霞霄。红红条幅舞飘飘，祥氛漫绕。加油优惠人人笑，生财有道真真妙，为民服务乐陶陶。钱途大好。

## 【仙吕·后庭花】赞全路技术能手张志坚

殊荣不简单，创新屡克难。岗位堪平淡，传学从不凡。善钻研，总结经验，倾心安与全。

（收录于《诗咏劳模》，禹丽娟、罗健合写）

## 【中吕·喜春来】赞广铁排风制动员郭帅红

刮风下雨骄阳晒，道碴磨穿多少鞋，标兵动作表情乖。零祸害，又快又平哉。

（收录于《诗咏劳模》，禹丽娟、罗健合写）

## 【中吕·十二月带尧民歌】
## 当代中华诗词精品创作研讨会即将召开

麻溜溜微群建起，呼啦啦队伍来齐。静悄悄心儿窃喜，偷瞧瞧到者名谁。恍惚惚欢声逦迤，盼殷殷大戏开机。〔带〕已将行李细收拾，犹系情形看通知。诗坛雅聚自怡怡，伟迹重瞻更依依。佳期吉祥且莫疑，不是《西游记》。

## 【中吕·山坡羊】悼叶嘉莹先生　步韵

草连幽砌，烟萦冷地，漫空风雨苍天泪。怆仙归，盼君回，声声追挽留无计，默默别离尘未起。身，而后已；心，全是你。

## 【正宫·鹦鹉曲】我俩的退休生活

陶然傍水依山住，齐做得自在庄园的园主。醉清风更醉花间，懒管阴晴寒暑。〔幺〕种时蔬不问青红，别样菜农夫妇。也闲吟也听虫鸣，任你个时光老去。

（发表于 2025 年 04 期《中华诗词》）

## 【仙吕·后庭花】初入内蒙

秋空灿日光，秋云接路长，秋意无边盎，秋风扑面凉。任苍茫，名原奇胜，陶陶心欲狂。

（收录于《谷乡绿韵》）

## 【南吕·干荷叶】敖汉市民公园观秋叶

树直直，叶光光，满地金黄酱。动情肠，念诗章，《天净沙》里感茫茫，风冷幽幽荡。

半无奈，半无妨，独立茫茫望。一层黄，一层伤，身归大地魄何方？似在人心上。

林枯寂，我徜徉，袅袅风烟漾。望云苍，恍诗行，翛然别样好风光，莫道凄凉况。

天然韵，自然章，美美秋模样。漫黄黄，入茫茫，无声归去亦无妨，静待春生盎。

（收录于《谷乡绿韵》）

禹丽娟理论小文

# 写有生命力的作品，作有责任感的诗人

## —— 赏读易延凤诗、词、联作品有感

关注并欣赏易延凤老师的诗词联作品很久了，一直以来，为他诗词联作品中所饱含的时代性、思想性、满满都是正能量而感动，为他叙事之自然、语言之清新、表达之巧妙、想像之灵动而震憾与赞赏！在全国诗词写作队伍已三百万之众、在当下诗词写作充斥着废话套话、流行着空洞应制诗、干巴巴的旅游诗、相互恭维的赠答诗等古怪现状的情况下，易延凤的诗词联无疑是一股清流一阵清风，荡涤着读者的思想灵魂，吹来着新鲜的活力与氧气，令人耳目一新、无比振奋。余以为，这才是有生命力的诗词联作品，真正做到了在传承中发展、在创新中继承，真正实现了反映生活、讴歌时代、抒发情感的功能。

纵观易延凤作品，其最显著的特点，余肤浅以为有如下几个方面，值得我们提倡并学习。

**一是"实"。**从古至今，诗词首先是反映生活的，是用凝炼的语言及丰富的物象来高度集中的表现社会生活和人的精神世界的，也就是说，它不能凭空捏造，也不能无端想像，而必须是实实在在的，是实事求是的。易延凤作品无不突出体现着这一特点。比如他的《芙蓉村扶贫》（发表于2018年第五期《中华

诗词》和 2018 年 6 月 15 日的《中国楹联报》）：扶贫干部到芙蓉，自带食粮赶路程。/ 脚底生风盘道短，田头授艺晚霞红。/ 殷殷细语言难尽，款款深情客又行。/ 滴水付出得斩获，村民别我泪盈盈。从"自带食粮""田头授艺""殷殷细语""泪盈盈"等动作、表情方面的记录和描写，生动如实地白描出了这名扶贫干部到村民家扶贫的事件过程，有如幻灯片般再现了当时经过，从而自然而然引起读者信服、感想与赞叹。又如他的《赞溆浦李继明（新韵）》（发表于 2018 年第一期《怀化诗联》）：手握喇叭街上鸣，垃圾入桶勿抛扔。/ 义工风雨三十载，细语重言都是情。也无不实实在在描写着李继明的所作所为，在看似简单的描写中深刻地反映和刻画了李继明平凡而高尚的义工形像。再比如他的对句：玩伴迎来闹脚门（出句：牧童归去横牛背，作者雷震），有如一幅生动逼真的儿童相逢图，将儿童的活泼可爱跃然纸上。另又有对联（阅读《母亲讨米供儿上学》征对联）：乞粮三袋，缘为亲儿学业；面壁十年，终圆老母心思。均是很实在很具体的表述，却将母亲大爱与儿子的发奋图强刻画得淋漓尽致。

二是"真"。众所周知，情感对于作品来说非常重要，如果作品中缺少了情感因素，作品就会显得空洞、平淡、无味。而作品中情感的真实性，才能达到以情动人的效果，凡能打动读者的作品无不走心，作者在创作中注入真情实感，笔下作品才有灵魂。易延凤作品正是具有了这一鲜明特点，才越来越吸引广大读者，在读者中引起广泛共鸣。比如他的《夏夜闲聊》：执手溪亭赏月光,声声盈耳话新房。/ 母亲叮我花钱贵,我报天恩在故乡。小小一段平常景,浓缩表达了太多母子情感!吾读后,几近落泪!又如他的词《玉蝴蝶 又梦家父》:年关将至思亲,家父远凡尘。室外雪纷纷,寒风拂大门。/ 眸生窗下影,移步就儿身。睁眼却无人,枕衣添泪痕。作者记录的是梦,却感觉真事一般,真实表达了年关将近时对家父的深切思念之情,令读者感同身受。再比如他的《立冬思女》:南下风威冷,立冬天气寒。/ 尤怜小娇女,求学在西安。短短二十字,朴实无华却真真切切,毫不做作。顺便提一个有意思的方面,易延凤老师虽然诗词联创作活跃、勤奋有加,但据笔者观察了解,他几乎从不跟风写作,比如那些一股风似的诗词唱和、比如那些连对方认都不认识的所谓生日贺诗、比如随大流的季节节气诗词他从不随意掺和。他只跟随自己的心走,只写有真情之作。

三是"近"。易延凤的作品,另一最大特点是离读者很近、离时代很近、离生活很近。

第一"近",是指其用语之近。中华诗词由复苏走向复兴是一个不争的事实,但同时也面临着巨大挑战,其中就包括语言词汇的挑战;古代都是文言文写作,今天白话对文言文的全面覆盖已形成,但如果今天的诗词创作仍然离不开文言文,就会对今天的读者产生语言障碍,也会因为不能充分吸收鲜活的语言营养而妨碍诗词的时代发挥。易延凤深知这种情况,因此,他向来都是尽力适应当代语境,注意用当代语言写当代诗词。比如他的《偕老伴游玉渊潭》:执手潭边戏柳枝,湖光山色美如诗。/ 呼人拍照荷塘影，摄得当年热恋时。这里面就是把古亦有之的夫妻情写出了当代景，用当代词表达了古今有之的恩爱深情与生活趣。又如他写《扶贫搬迁》：老李卧床十六年，村庄变化不相干。/ 今宵却把痴儿问，新住小楼多少钱？完全就是白话入诗了，看似平淡却深富思考，具有了独特的意蕴和艺术表现力。

第二"近"，是指其内容之近。诗词可以吟花赏月，用自然的美感作用沟通和丰富着人类美好的精神世界，所以诗词离不开这些永恒的主题；但诗词更重要的使命是要有时代感和社会责任性，古代的李白和杜甫等著名诗人就是这方面的典范，发出过"安得广厦千万间"的呼唤。易延凤在这方面也堪称当代诗家的典范，他的诗、词、联无不紧跟时代、贴近生活，比如他的扶贫诗词联诸多佳作，比如他的放歌十九大系列作品，比如他的题改革开放四十年的首首妙作，仅从内容上就能轻易品出他朝气蓬勃、昂扬向上的时代性特点。比如他题改革开放四十年（发表于 2018 年 6 月 22 日《中国楹联报》）：继往开来，众志成城，大展宏图圆国梦；/ 乘风破浪，千军发力，复兴伟业得民心。比如他得知家乡实施"严格医疗服务质量管理"、对农村贫困住院患者实行免诊疗费免挂号费免相关材料费后特别高兴，欣然撰联如下：假期入户，一问一答，县府官员心有数；/ 德政惠民，三严三免，农村患者笑开颜。又比如他写《教育扶贫》：白雪飘飘窗外冷，闻知喜讯府中欢。/ 红梅含首迎村客，青酒连杯敬县官。/ 应谢恩人扶我智，方能闹市有书摊。/ 临行相送频挥手，系上围巾好御寒。均旗帜鲜明、目标明确地讴歌时代、赞美党赞美生活。同时也勇于针贬时蔽，批评社会不良现象，如他题联《论搓麻将》：男男女女搓麻将，贫帽如何得脱；/寨寨村村做电商，富人迅速增加。题联《女子当街踹老母被村民暴打》：老妪当街遭踹，何人为也？养女；/近邻出手驱除，天理使然，有心。而绝少有在自家的小天地里吟风弄月、孤芳自赏。因而其作品具有强大的生命力。

第三"近"，是指其来源之近。易延凤的诗词联作品，从不无病呻吟，从不伤春悲秋，从不妄学"高大上"，他牢牢把握一点：诗词联作品源于生活，并坚持用实际的接触、体验激发内心的感受，用入神诗句写现实的生活，用流行语说就是"接地气"，跟时下很多人学习古诗盲目活在古人的世界里截然不同。如他的《赏荷》：七月赏荷花，山池树树霞。/携妻拍初恋，不觉夕阳斜。古往今来写荷的诗词多如牛毛，而易延凤老师写荷不落俗套，只写自己的所见所感，真实且符合实情。比如他的《偶遇儿时邻居（新韵）》：寒霜昨日此城中，闹市尽头歧路逢。/怀化不留邻里客，四眸相对泪盈盈。从街头偶遇儿时邻居这么一件极小的事情写起，记录生活小场景，抒发生活小感悟。再如他写《贺邓仙芝考上重点大学》：狗年高考榜初开，彩凤乘云报喜来。/邓府仙芝欣折桂，一番历练始成才。又如他写《女婿上门（新韵）》：午休梦醒睁开眼，忽见窗帘喜子爬。/骤响门铃妻去看，即闻女婿叫妈妈。恰所谓人生自有诗意，易延凤正是用心用笔记录下了生活中的点滴诗意。

**四是"灵"。**写诗需要灵气、才气，从古至今几乎无异议。袁枚曾强调指出：诗文自须学力，然用笔构思，全凭天分。而易延凤老师恰好具备了这两类优势，不但刻苦勤奋、积累了深厚的古文底蕴，而且在具体用笔构思方面，总是颇具匠心、处处闪烁着独特的别致与灵性。

其一，他很善于捕捉瞬间灵感。如他写《鹧鸪天 扶贫搬迁》：老李疯瘫十六年，自家搬否不参言，/ 饭来张口须人喂，脚痛呼儿用手翻。/ 熬日子，困房间，未曾想过会乔迁。/ 今宵喜把邻居问，新住楼层多少钱？他听到老李问邻居，随即有感而发，感慨老李在扶贫前的种种惨境，继而由衷替他搬迁同喜，当即捕捉住这一灵感赋成了佳构。如他的《登山偶得（新韵）》：熏风拂面上山来，小憩林中香入怀。许是春花情未了，枝头着意为君开。通过爬山途中休息时看到枝头有花而有所感，随即准确摄入笔端。又如他的《县府大院古樟吟》：煌煌老古樟，宅住县衙旁。/ 阅尽千年事，无言话短长。无不都是转瞬即逝的念想而已。

其二，他很善于选择和组合各种物象。诗词联篇幅短小，字少而意深。如何在如此小的篇幅内罗列组合各种物象，如何把表面不相关的景物串连起来，如何避免死板、堆砌、流水账，让各种物象组成一个和谐完美的艺术整体，为诗人的创作目标形成有效手段，是诗词联创作必须注意和掌握的一个极其重要的方面。易延凤老师深得此中之道。如他的《吟诗芙蓉楼》：寻梦黔城古径幽，晚风轻拂上高楼。/ 问君月下蹒跚步，悟得龙标几许柔。芙蓉楼作为一代名楼，可写景物繁多，而诗人只提取眼中重点写，层次感和美感皆有。如他的词《鹧鸪天 秋游》：秋桂飘香溆浦行，舟划碧浪下思蒙。/ 千年故事涛声远，五座石佛相貌雄。/ 朝霞染，画眉鸣，羊肠古道楚遗风。/ 奔流汇入沅江水，一路欢歌向洞庭。由远及近、又由近向远，石佛、碧浪、古道、画眉、沅江等系列景物在诗人笔下铺排得井井有条，虚实结合，实中有虚。再如他的《打工回乡》：春来柳树竞发芽，游子回村眼已花；幢幢楼房换新貌，曾经何处是吾家？柳树发芽和游子回乡，看起来一点关系也没有，但诗人把它们巧妙串连在诗里，从低到高，从大到小，一点点协调写出了游子的感叹和诗人的感悟。

其三，他很善于使用动态语言和模糊语言。比如前文提到的他的对句：玩伴迎来闹脚门（出句：牧童归去横牛背，作者雷震），一个"闹"字，完全把儿童相逢写活了，有如一幅生动逼真的儿童相逢图，将儿童的活泼可爱跃然纸上。如他写《牧鸭女孩》：山村九岁女娃娃，夏日田头牧小鸭。/ 迟暮不归何处在？直将绿树当成家。"直将绿树当成家"，这一模糊形容，将女娃的天真烂漫、留连于大自然绿树下的玩兴尽写出。再如他的《放牧晚归（新韵）》：漫山遍找两头牛，夜起凉风母更忧。/ 老父接儿十里地，一行月影走深秋。"一行月影走深秋"，儿找牛、父接儿，山与夜，月与风，动静结合，时空交感，既模糊又清晰，生动地写出了父亲夜里去接儿的场景。另如他的《农民电商（新韵）》：微信呼来快递员，农家特产向西安。/ 同为耕地这双手，耕罢大山耕键盘。好一句"耕罢大山耕键盘"！读来无不为之叫绝！把新时代的农民顺应潮流、紧跟新时代、及时用高科技辛勤劳作与聪慧致富的形象刻画得栩栩如生。

　　拜读和和学习易延凤老师的诸多作品，深感他是一位有责任感、有担当心的诗人，深感他频频在各级杂志、报纸、网络媒体、微信公号发表佳作是多么正常的结果，深感他在各类诗词联作品大赛中屡屡获奖是多么水到渠成的事情，他今天的成就，同他正确的思想、丰厚的学养、开阔的视野、精湛的技艺是完全成正比的，当是我辈学习的楷模。祝愿易延凤老师将来创作出更多更好的作品，也但愿我——一名诗词道路上学习与探索的普通爱好者认真、潜心向易延凤老师学习。

2018 年 7 月 24 日星期二
（收录于《"当代诗词曲赋联精品创作研讨会"论文集》）

# 家国情怀·丈夫视角·女子笔触
## ——当代湖湘名家罗建平女士诗词曲赏析

有幸与罗建平大姐见过短暂两面，深为她的热情、大气以及超出一般女子的见识和能力而钦佩。而走近她、熟知她、了解她，更多的是通过她的诗词曲，她的一首接一首的作品、一个接一个的专辑，让我目不暇接、爱不释手、赞叹不已。愚以为，大姐作品思想性强、特点明显、风格独特，完全突破和超越了女性诗者的常例常情常识，在女子诗词曲界堪为一面鲜明卓烁的旗帜。

一、在题材方面，她自觉以家国情怀为主旋律、以服务人民为价值追求、以讴歌时代为担当、以助力乡村振兴为己任、以关注民生为重点、以扎根生活为来源、以弘扬真善美和传播正能量为方向。

一个诗人能够站得稳、行得远，最根本的是用作品说话，而用作品说话的首要前提是其中端正的价值观。罗大姐当之无愧做到了这点。

她自寻素材、自愿奉献、以此为乐，虽没有任务要求、没有创作压力，却屡屡主动拿起手中的笔，记录新时代、书写新时代、讴歌新时代，如党的二十大、北京冬奥会、感动中国人物、中国航天空间站等等都是她的诗词曲主题，充分展示了诗人尤其是女诗人与时代同频共振的责任担当与精神风貌。

这类题材的作品占据了她作品总量的绝大多数。如《〔黄钟·刮地风〕兔年春节中国空间站》《百年华程礼赞（七律）》《赞中国特色社会主义（七律）》《苏幕遮·港珠澳大桥》《〔双调·大德歌〕今日渔家（联章）》《〔双调·大德歌〕致敬樊建川》《〔中吕·醉高歌〕致中国女足》《〔仙吕·锦橙梅〕谷爱凌自由式滑雪大跳台夺金》等等，仅从标题就能看到一首首时代赞歌。

她努力践行诗人的初心和使命，与人民同向同行；她把人民和家国装在心中，以饱满的创作热情，为人民大众创作出"有道德、有温度、有筋骨"的诗词作品。她无论走在哪里，或采风或游玩或会议间隙，祖国大地丰富多彩的风土人情，皆是其获得创作灵感的重要源泉。

如：

### 十美堂油菜花二首（其一）

十美云苔格外香，流金溢彩醉春光。

一花圆了千年梦，富我农家富我邦。

从观赏油菜花入手，念念不忘的是赞美家乡、关注乡村振兴，从而远不同于一般女诗者看花赏花拍花的小情小爱。

又如：

### 渔家傲·浏阳田螺小镇游

丛丛野花蜂蝶绕，香溪黄柳青青草，古树芳坡情侣岛。彩虹耀，田螺姑娘迎客到。

小曲悠扬思渺渺，山乡巨变知多少，谁解嗦螺个中巧。村头蠹，飘飘似唱农家傲。

一次普通的小镇游玩，却得出了不一般的游记，情景交融、以小写大，"小嗦螺"看出"巨变"，证明诗人时刻装着人民装着乡村。

她没有把写诗纯粹看成是个人的事，自娱自乐；也没有把诗词当作玩具，拼凑文字游戏。而是用责任感、使命感，潜心创作，赋予诗词曲政治意义和教育作用。

如：

### 致敬雷锋二首（其一）

胸怀大爱是雷锋，笑脸一张情一泓。

忘我助人人世暖，只因心底有春风。

小诗字简意丰，热情讴歌了雷锋同志，弘扬了雷锋精神，告诉人们"忘我助人人世暖"，心底要有春风。

如怀念颂扬革命先烈和英雄人物的：《〔双调·大德歌〕瞻识字岭杨开慧烈士雕像》《瞻仰浏阳板溪李白烈士故居》《临江仙·一代女魂唐群英》《赞谭千秋》《花月访板仓（七律）》《百年华诞怀邓公（七律）》《参观通道转兵纪念馆（五律）》《怀屈原》等等。

如赞美劳动者、关注民生的：《架线工》《〔南越调·黑麻令〕山里人家》《〔越调·天净沙〕村妇》等等。

写亲情、友情、中华民族传统美德的，如：

### 母亲

一块毛巾用几年，一声诉苦寄千元。

怜贫济困倡慈善，吾母高风谁在前？

母亲自己一块毛巾用几年，却孩子一声诉苦即寄千元，小事情彰显无私母爱，感人至深。

正是因为这一系列立意高远、理念正统、与社会主义核心价值观相一致的作品主题，使罗大姐的作品感动人、激励人、教育人，读后令人奋进。

二、在风格方面，无论清新明丽还是激越高亢、无论朴素自然还是雄浑豪放，皆有大胸怀、大格局、大视野、大思路。

罗大姐的作品，格调昂扬向上，从不作无病呻吟之柔弱小女儿态；而是时常跳出固有思维，写出精髓、写出高度、写出新意、写出现实意义。

如《鸭绿江断桥行（七律）》，一气呵成、气宇轩昂，读来如再现当年雄赳赳、气昂昂跨过鸭绿江的中国人民志愿军。

如：

### 《尘封家书》

墙缝藏书多少盼，难圆凤愿令人叹。

此情只应属霞姑，地裂天崩心不乱。

小诗用极度夸张的手法渲染了白色恐怖、讴歌了杨开慧的深情大爱和坚强意志，震撼人心。

又如《乌龙山大峡谷（七律）》中"碧水放歌迎远客，梯田叠彩报游瞳"、《涟水三桥之咏（七律）》中"三虹炫彩映涟水，一岛飞花韵古城"等，都是道别人所未道、写别人所未写，独辟蹊径，夸张出格，气势如虹，足见诗人思路之开阔。

再如《彭崇谷会长〈捍卫尊严〉有感》中"百万宏篇扬自信，心田之上筑长城"，何等新奇何等有力！而《母校拾趣（七律）》中"急按快门留合影，欣牵学友话时珍。少年不解此滋味，指绕山风笑老身"又是何等真情实感、豁达开朗!

当别人游山玩水想到的是仙境是桃源时,罗大姐想到的是乡村振兴、为村民高兴,如《秋蕊香·收柚》中"深山柚子城乡走。乐了村姑村叟",《西江月·小村》中罗列了一大堆美景和丰收景物后,问"谁在耕耘图画?",时刻都在观察、关注、关心农村新气象新生活,这种大格局,实属女子诗者中之少见。

让我感慨最深的是罗大姐这首词:

### 小重山·斗柄东南豆荚长

斗柄东南豆荚长。禾苗新绿就、缀珠光。农机欢唱雀莺翔。庭院里、翁妪话蚕桑。

逢此好时光。作田无税赋、不征粮。机耕累了小儿郎。烧壶酒、敬盏稻花香。

立夏时节,豆荚长了、禾苗绿了、农机欢唱了,一片农耕繁忙和丰收可期的景象,若换了一般人,对此场景想到的无非是夏景、是丰收、是田园生活、是季节变换,而罗大姐这位奇女子想到的却是"作田无税赋、不征粮",替农民开心、为党的取消农业税和农民免交公粮而间接感谢和称赞党的好政策,思路的跳跃性、思想上的高度深度、关注"三农"之骨子里的习惯、感悟之独特,使一首简单的田园诗作品立马大大增强了思想性、政治性、艺术性、厚重感,让人不得不佩服。

三、在艺术表达方面,笔法老到、清新自然、流畅洒脱、细腻精准、生动传神。

女子爱美,天然有之,罗大姐也不例外,她的作品处处体现着美。

首先是对意象的撷取既有诗情又有画意，很讲究意境美。

如：

### 车行京北第一天路

牵缕清风入草洼，悠游天路赏莲花。

翠冈如叶田田展，摘朵白云回我家。

选取了"清风""草洼""莲花""翠冈""白云"这几种色彩和谐、淡雅的景物，似一幅清新雅致的风光画，布局合理、留白适当，赏心悦目。

其次是语言优美，字词简练精准、规范恰当，不加修饰不做作，贴近大众贴近生活、雅俗共赏，整个作品灵动、轻快、活泼。如"芳华惟属窗前柚，正是丰收时候""双枫楼外碧桃红，朵朵鲜花说英雄""碧水一湾紫燕飞，庭院梧桐茂""春风到我家，吹绽满园花"等等，不胜枚举。

再次是熟练运用对仗、拟人、排比等修辞手法，增添了作品的音律美、节奏感、古韵致，使作品的诗味、词味、曲味浓郁。如"乱了一园兰蔻，黄了一池杨柳""古韵桃符，新妆门栋""屋外一池清水，园中几树鲜花""溪里鱼虾追梦，篱边瓜果安家"等句，无不琅琅上口。

尤为值得赞赏的是罗大姐的散曲，其精湛的艺术手法、其浓厚的生活气息、其浓浓的恍如穿越到元代的曲味，是我学习的榜样。

她既擅长北曲，也喜写南曲，将现实主义与浪漫主义融为一体，各种大事、小趣皆成曲，读来轻松、受益。

如：

### 〔黄钟·昼夜乐〕咱这十年

咱这十年遇舜尧。陶陶。陶陶地唱起歌谣。你看这荒山绿了，春茶香夏秋瓜果俏，水渠中鸭戏鹅漂。大路桥，架咱山坳，惠咱山坳，四海客来通商贸。（幺）山民山民多自豪，您瞧，今朝，今朝咱已不再弄渔樵，也无须抢铁镐，拖拉机替咱将地刨，收割机替咱弯腰。你看这五谷丰饶，庭院新潮，怎不叫咱天天乐。

从各种小景描写大事，从山村的环境、山民的食住行，反映十年来的乡村巨变，歌颂党的好政策。用叠词、对仗、衬字等多种表达方式，营造出欢乐幸福的气氛、彰显出欣喜的心情，充分突出和利用了曲的特点。

罗大姐作品我每首必读、且读后每每叹服而回味无穷，但在此也只能道出冰山一角，其作品的魅力和全貌应该远不止于此。至少她做到了她诗中写的"……赓续先贤愿，弘扬家国情。风云笺上涌，忧乐素心萦。追梦新时代，高天响共鸣。"

周文彰会长曾强调，新时代的诗人要认真学习习近平总书记关于传统文化复兴和文化建设的系列讲话精神，运用精进的艺术手法，创作出更多更好的作品，努力为建设社会主义文化强国做出更大的贡献。在这方面，罗大姐是我们女诗界之楷模。愿向罗大姐致敬和学习。

2023 年

（收录于《"当代诗词曲赋联精品创作研讨会"论文集》）

# 从容多巧力，四两拨千斤

## —— 女子诗词如何助力乡村全面振兴之我见

习近平总书记指出："推进中国式现代化，必须坚持不懈夯实农业基础，推进乡村全面振兴。"党的二十届三中全会《决定》提出："巩固拓展脱贫攻坚成果同乡村振兴有效衔接，健全推动乡村全面振兴长效机制。"

我们诗词曲作者同样必须深入贯彻落实习近平总书记重要讲话精神，锚定建设农业强国目标，学习运用传统诗词曲等文学载体赋能乡村文化振兴，有力有效推进乡村全面振兴。那么，女子诗词曲，如何响应号召、紧跟时代、结合实际、通过诗词曲等文学作品来参与并助推这一伟大工程？笔者认为，"妇女能顶半边天"，我们女子诗词曲也能生动讲述广大干部群众投身乡村振兴的伟大实践、也能广泛宣传丰富多彩的乡村文化活动和党的创新理论、也能慧眼观察与及时介绍农耕文明优秀遗产与现代文明要素的有机结合、也能身体力行全面加强乡村文化保护传承，以展现乡村人民群众良好的精神风貌、艺术才华和农村生活发生的诸多可喜变化，积极发力把乡村文化兴盛和全面振兴之路阔步走好。

### 一、发现优势，相信优势

周文彰会长曾绘声绘色精辟、精准概括出女性诗词群体的个性，一是敏锐，二是细腻，三是温情，四是优雅。在我看来，这些个性全是优势，敏锐的观察能力、反应能力、思维能力，恰好是创作灵感的先决条件和必要源泉，是激发创作、推动创作的重要动力，是成为我们助力乡村全面振兴的一股巧劲，用好了足可以起到"四两拨千斤"的效果。

纵观女子诗词曲，很多事物和内容都是普通得不能再普通、甚至是生活中熟视无睹的，但女诗人们都能从中瞬间捕捉到各种各样的信息、引发出各种各样的感悟感怀，那些不起眼的一花一草、很寻常的一茶一饭、很雷同的一聚一游，在女子笔下却总能妙笔生花、有声有色、回味无穷。我们中华诗词学会女子诗词工作委员征稿时，女诗人们既写过《纷飞的柳絮》也写过《恼人的蚊子》，既写过《城市的灯光》也写过《春雨》和《夏花》，既写《国旗》也写《旗袍》，内容包罗万象，民间闲吟唱和更是数不胜数……如果不够敏锐，如何能有此等丰富多彩的篇章！

如李致音女士居家防暑信手拈来："赤日烘烘懒出家，收双茉莉好冲茶。回头小鹕花痴甚，嚼罢玫瑰嚼桂花。"而吴兰卿女士则立即"心有灵犀"敏感即兴一和："荷开卅里隐吾家，对景闻香呷土茶。知了声声犹在唱，江南六月一枝花。"再比如吴兰卿女士吃冰棒随口吟出《老棒冰（通韵）》"一款冰条伴半生，顶端红绿豆吸睛。无关贵贱心头好，哧溜声中可忘龄"。

女诗人的灵敏度可见一斑。

再来说细腻，则更是女子诗词曲创作的独特过硬本领了，是很多大大咧咧的男同胞所羡慕却天生略欠缺的。而我们多数女子诗者似都天生具备这个强项。事物的形、色、味、趣，事件的构成、动作、情节、表情、变化等等，女子都能够观察得到、都能在笔下细致入微描画出来，如王婉丽女士的《临江仙》"野水柔条袅娜，斜风老干葱茏。莺飞堤岸日融融。翠帘穿社燕，暖雨染春浓。"萧凤菊女士写《烟柳》"青绦万缕影随风，湖畔珠帘烟雨中"，赵喜丽女士写《落霞》"野水流丹鱼正肥，白鸥云绮泛湖飞"，无不是细致描绘如工笔画。

温情和优雅，更是女子与生俱来之特性，女性几乎从来都是柔情与深情的代名词，是优雅与讲究的天才追随者，女诗者情感之丰富、感受之多彩、内心之变幻莫测、表达之讲究，随处可见。如彭荔卡女士之《浣溪沙》"对坐无言尽在茶。沁心甘苦味交加。洞庭春水盏中芽。浮泛莫叹前渡渺，绵长却惜此情奢。一壶珍重慰云涯。"康彩兰女士之《金骏眉》"新趁朝云十二鬟，清明纤指点春山。香浮碧翠金浮盏，恰是赏心眉一弯。"等作品，是多么温情、别致、优雅！

所以，敏锐、细腻、温情、优雅等等这一系列女性的个性特点，是我们女诗者的优势，我们要相信自己的优势、依靠自己的优势、彰显自己的优势，增强诗词创作自信心。

**二、发挥优势，用好优势**

乡村全面振兴，广大妇女肩负着责无旁贷的使命，我们女子诗者也积蓄着无穷的智慧和力量，时刻准备着用手中的笔在乡村的广阔天地建新功立新业，展现新作为。那么，曾经的"百无一用是书生"之言论如何被我们这帮女秀才证明其片面性？在乡村全面振兴这场"战役"中，我们女子诗者诸多的优势，如何发挥和用好？

笔者认为：从容多巧力，四两拨千斤。

一是要更好发挥积极性、主动性、创造性，在题材方面自觉以关注关爱"三农"工作为己任、以扎根生活为来源、以宣传和弘扬乡村全面振兴为方向。

如乡村的春种秋收、乡村建设的提质扩面、农村居民收入的持续增长、广袤乡村展现的欣欣向荣的新气象、持续发力巩固拓展的脱贫攻坚成果、进一步抓实抓好的乡村治理、农业农村发展的稳健好势头等等，各个方面、各种情况，精彩纷呈、活力无限、大有可写，都可成为女子诗者笔下的丰富内容，女诗人的敏锐目光一定能发现、观察到这一切。在这方面，罗建平女士是榜样，她的作品中写农业农村题材的比例很高，优秀作品不少，比如她的获得 2023 年"长沙银行杯"首届湖南乡村诗词大会一等奖的作品：

### 【黄钟·昼夜乐】咱这十年

咱这十年遇舜尧。陶陶。陶陶地唱起歌谣。你看这荒山绿了，春茶香夏秋瓜果俏，水渠中鸭戏鹅遨。大路桥，架咱山坳，惠咱山坳，四海客来通商贸。〔幺〕山翁山翁多自豪，您瞧，今朝，今朝咱已不再弄渔樵，也无须抢铁镐，拖拉机替咱将地刨，收割机替咱弯腰。你看这五谷丰饶，庭院新潮，怎不叫咱天天乐。

是多么的自豪和发自内心的高兴！作者俨然是村中主人翁的心境了！她用她的敏锐，很清晰地看到了新农村的这十年来的变化。

再看她的另一首作品：

## 小重山·斗柄东南豆荚长

斗柄东南豆荚长。禾苗新绿就、缀珠光。农机欢唱雀莺翔。庭院里、翁姬话蚕桑。

逢此好时光。作田无税赋、不征粮。机耕累了小儿郎。烧壶酒、敬盏稻花香。

立夏时节，豆荚长了、禾苗绿了、农机欢唱了，一片农耕繁忙和丰收可期的景象，若换了一般人，对此场景想到的无非是风景、是丰收、是田园生活、是季节变换，而罗建平女士这位大诗人想到的却是"作田无税赋、不征粮"，自觉主动地替农民开心、为党的取消农业税和农民免交公粮而无比感谢和称赞党的好政策，思路的跳跃性、思想上的高度深度、关注"三农"之骨子里的习惯、感悟之独特，使一首简单的田园诗作品立马大大增强了思想性、政治性、艺术性、厚重感，让人不得不佩服。女诗人的敏锐视觉嗅觉感觉等优势都发挥得恰到好处。

二是要学会多客观、少主观、拓宽视野和思路，在风格方面以有血有肉写出精神主流、写出思想高度、写出现实意义为追求。

女子诗者有优势，同时也要清醒的认知不足之处并尽量扬长避短、修补短板。女性生理和心理的特点决定了女诗者普遍倾向于鲜明的女性主观意识和自我意识，所以多以生活为取材重点，着力表现命运、情感、心路历程等。许多作品多少都具有自叙闲吟色彩，随心所欲展示着女性独有的主观理念和人生之旅的个人情怀甚至还有旧式女性的精神缺憾，部分作品还一定程度流于小情小爱小闲愁的宣泄，比如彷徨、伤感、小欢喜等。在新时代里，女子诗者已肩负新的使命，因此有必要摒弃旧式糟粕、克服儿女情长等个人内心的细波微澜，而是调整心态、紧跟时代、放眼国家、融入火热的乡村全面振兴中，展现出新时代女性的大气和豪迈、责任与担当。

如中华诗词学会女子诗词工委的《时代赞歌》同题征稿里，有不少的女诗人都写了乡村，180首作品里大概有三分之一是写的新农村。女诗人们发挥自己的优势，着力写出了新时代乡村的种种新景象和引发的新感受。如傅翠兰女士的《蝶恋花·故乡行》，没有伤感没有离情，只有看到故乡的发展后所产生的浓浓喜悦："……栉比琼楼环碧树。豪车停靠阶前路。"如王海华女士的《鹧鸪天》："……群山顶有太阳树，四季园生高竹风。家家乐，稻粮丰，春泥记录夏秋冬。……"眼里全是新农村的好景象、大环境，而丝毫没有小女人主观精神世界里的小悲小喜，朝气蓬勃表现出当代女诗人胸怀大志、走向社会、关注广阔天地。再如山东张桂芹女士笔下的《新时代菜农》"……网络接单销菜品，荧屏扫码入金钱。于今土润小康梦，从此泥香大有年。"一改从前的千篇一律的悯农模式，多有时代新意和鼓舞人心的全新的现实意义啊！

三是要养成巧谋划、多思考、细自查、慢定稿的习惯，在艺术表达方面以流畅洒脱、细腻精准、生动传神为目标。

女诗者的创作优势是细节处理方面很好，但同时要克服逻辑性弱、条理性差、沉不住气和急躁等不足。因此一定要注意全盘考虑、冷静规划，不可率性写，不能想到哪写到哪、写到哪才想到哪，而是要与周文彰会长倡导的"把精品作为创作的生命"和当下开展的诗词精品年活动紧密结合，做到巧妙构思、仔细推敲、认真自查、反复琢磨炼字立意等各个方面；写好后不要随意发，减少和杜绝随写随发、发了又改、改了收回再改的现象。我们一定要学古人养成"吟安一个字，捻断数茎须"的诗风，静下来、慢下来，让作品精益求精、锦上添花。

诚如罗建平女士所言：写乡村振兴的作品首先应切合主题；其次，必须善于捕捉美好瞬间，写出乡村独特韵味，反映乡村现代化生活场景；第三，要根据所写内容选择最恰当的艺术表现形式。充分看出她的乡村诗词大会一等奖不是从天而降、不是信手拈来、不是出口成章而是匠心独运花费了功夫的。

比如，罗建平女士的以下两首作品：

### 渔家傲·浏阳田螺小镇游

丛丛野花蜂蝶绕，香溪黄柳青青草，古树芳坡情侣岛。彩虹耀，田螺姑娘迎客到。

小曲悠扬思渺渺，山乡巨变知多少，谁解嗦螺个中巧。村头矗，飘飘似唱农家傲。

### 【南越调·黑麻令】喻杰故乡行

一岭岭松呀竹呀，一坡坡茶呀果呀，一座座楼呀院呀。雅致着嘉义群峰，快乐着山乡农家。你看这长车短车，驮载着朝霞晚霞。水电站溢彩流光，醉美了红土桑麻。

你看，是多么生动活泼，感染力是多么强！此等普通的游玩，她却得出了不一般的游记，用女诗人的敏感视野、感受新农村，用女诗人的温情讴歌新时代新生活，用女诗人的细腻书写和记录点滴美好，同时也大气灵活地谋篇布局、以小写大，思路清晰、远近分明、情景交融、虚实融洽，证明女诗人已能艺术地提炼情感素材、理性地审视表现对象、精准生动的表达主题，值得我们学习。

### 三、发展优势，强化优势

在乡村全面振兴中，我们要不断学习、不断提高、不断促进，坚持不懈使用和完善我们的"四两拨千斤"。我认为我们女子诗词曲要大胆"扬长"，要让优势更优、强项更强、巧力更巧。

一是要让我们的敏锐更加灵敏，多放眼时事、多关注时代、多思考时政，让我们发现美的眼睛更加明亮，迅速、及时看得到乡村振兴中的人与事，随时捕捉到灵感，让灵感来得更快更准更新。

二是要让观察更仔细、让描写更细腻。只有细致才能传神、才能"尽在不言中"，不熟悉、不了解的事物，写出来干巴巴、空洞无物，则打动不了读者。

三是要让温情更有深度，不唱肤浅赞歌、不作无病呻吟，胸怀大爱创作出与社会主义核心价值观相一致的"有道德、有温度、有筋骨"的诗词作品。

四是要让艺术风格更优雅、更有美感。

对意象的撷取尽量做到既有诗情又有画意，讲究意境美。如罗建平女士"牵缕清风入草洼，悠游天路赏莲花。翠冈如叶田田展，摘朵白云回我家。"就是选取了"清风""草洼""莲花""翠冈""白云"这几种色彩和谐、淡雅怡人的景物，似一幅清新雅致的风光画，赏心悦目。

其次是力争用诗家语、多韵味，字词优美精准，作品灵动、新颖。如女诗人们的这些句子"双枫楼外碧桃红，朵朵鲜花说英雄""碧水一湾紫燕飞，庭院梧桐茂""春风到我家，吹绽满园花"等等，都是美不胜收。

再次是争取熟练运用比喻、对仗、拟人、排比等修辞手法，增添作品的音律美、节奏感、古韵致，使作品的诗味、词味、曲味更加浓郁。如女诗人们的"乱了一园兰蔻，黄了一池杨柳""古韵桃符，新妆门栋""屋外一池清水，园中几树鲜花""溪里鱼虾追梦，篱边瓜果安家"等句，无不琅琅上口，使作品引人入胜。

让我们担负起新的文化使命，继续围绕乡村振兴等中心任务和主流目标，努力写好属于我们这个时代的乡村诗词作品，繁荣发展新时代新特色的中华传统诗词，为乡村全面振兴贡献力量。

（收录于 2024 中国·岭南第六届中华女子诗词论坛暨第二届农民文化节《乡村振兴与发展论文集》）

（1）摘要：对乡村全面振兴与文化振兴深切关注，对诗词与乡村文化振兴及全面振兴之间的联系进行了思考，通过观察了解和总结女子诗词曲的特点，倡议女子诗词曲摒弃小女子情态和儿女情长，关注时事、忠心赤胆、巧妙发力、与当下诗词精品工作紧密结合起来，以赋能和助力乡村文化振兴全面振兴，把家国情怀落到实处。

（2）关键词：乡村振兴；女子诗词曲；优势；巧力；落实

（3）参考文献：

A.《中国乡村振兴》杂志 2024 年第 15 期

B. 周文彰《女诗人要为创作筛选推介诗词精品发挥重要作用 (2024 年 8 月 2 日 )》

C. 女报社论《在全面推进乡村振兴中更好发挥妇女作用 —— 论学习贯彻党的二十届三中全会精神》( 中华全国妇女联合会微信公众号《中国妇联女性之声》)

D. 禹丽娟《家国情怀·丈夫视角·女子笔触 —— 当代湖湘名家罗建平女士诗词曲赏析》(《当代诗词曲赋联精品研究论坛论文集》)

# 当代散曲如何高效参与
# 中华诗词精品工作之我见

中华诗词学会五届四次理事会议明确提出，把 2024 年——2025 年确定为"中华诗词精品年"，并制定公布了有指导思想、有工作目标、有主要措施、有推进时间等切实可行的具体工作方案；周文彰会长在会上发表的《把诗词精品的创作筛选推介作为工作重点》之讲话中强调指出：创作筛选推介精品必须整体联动系统推进。我理解的"整体联动"，不仅是指各地各级诗词组织的联动，更应是诗词曲等各体裁的联动；"系统推进"，不仅是指步骤、流程方面的统一规范，也应是诗词曲等各体裁的和谐并进。

众所周知，中华诗词的发展，在出现唐诗、宋词两座高峰以后，又出现元曲这座高峰，唐诗宋词元曲并列大放光芒、同为传统国粹。在 2024 年 5 月 27 日第六届当代散曲创作学术论坛上，周文彰会长诚挚、中肯、言之凿凿地指出散曲是中华诗词百花园的绚丽花朵，掷地有声宣布当代散曲在当代诗词精品工作中之重要之必要之不可或缺，足以可见古今历代一脉相承一以贯之地对散曲之认可与推崇，当代中华诗词精品库中散曲之一席之地不容置疑。

那么，藉此"中华诗词精品年"，当代散曲如何有效、实效、高效参与中华诗词精品工作，不负厚望、不辱使命、不失良机？甚至，至少是不拖中华诗词精品工作之后腿、不丢古人曲家之脸面、不污中华散曲之盛名？笔者既是忠实的散曲爱好者和勤勉的散曲创作者，同时也是脚踏实地、最接地气的基层一线之散曲工作者，因此自觉自然对上述问题进行了深入思考分析，并形成了以下肤浅见解。

**一、从当代散曲创作来说，应用心求质、不野心求量。**

近年来，经许多大家的研究和散曲作品问世，随着旧体诗词爱好者的增多，人们重新对散曲追捧和临摹，网络上、诗坛里出现了不少散曲写手，散曲微信公众号和微信群数不胜数；中华诗词学会专门成立了散曲工作委员会，有许多省市如湖南、山西、陕西、广西、安徽、贵州、青海等相继成立了散曲组织，出版了或电子版或纸质版的散曲刊物，如中华诗词学会散曲工委创办的《中华散曲》《九州散曲》及湖南潇湘散曲社创办的《湖南散曲》《潇湘曲苑》、山西黄河散曲社创办的《当代散曲》、广西散曲学会创办的《中国当代散曲创办》等，就连我们地级市怀化也在怀化市诗词楹联家协会的领导下成立了怀化市散曲社并创办了自己的散曲微刊《五溪曲苑》；同时，有不少诗人还出版了自己的散曲作品集。另外，很多的省级散曲组织还先后开展了一些或全国性或地方性的散曲创作与研讨活动，如 2010 年潇湘散曲社举办的"羊春秋暨中国散曲学术研讨会"、2012 年黄河散曲社举办的"当代散曲创作研讨会"、以及前不久在江西井冈山大学召开的第六届当代散曲创作学术论坛等，都产生了较大的社会影响；又如中华诗词学会散曲工委指导的各级散曲大赛、策划并组稿出版的《人世情散曲丛书》等，这种种的活动、刊物，为引导当下散曲创作、培养散曲创作新人，做出了贡献，给当下的散曲热更平添了几分热闹。

目前全国的散曲作者与号称数十万的诗词创作大军比起来仍然是太渺小，但即便如此，从中华诗词学会散曲工作委员会成立之初到如今，全国的散曲作者从两千人左右猛增至约万余人，突显了随着当下中国传统诗词创作的兴盛，散曲的创作也正在复兴。这种复兴，不仅体现在散曲作者数量的巨增，也体现在散曲作品数量的大增，从屡次散曲创作大赛以及各散曲书刊和微刊投稿的数量来看，基本上都达到了数以千计，纵向相比，散曲作品数量之多是十年前、甚至几年前不可比拟的。

那么，在这一片看似你追我赶的热闹的散曲热潮中，有多少作品可称得上上乘之作呢？若干年后，有多少作品可大浪淘沙后经得起历史的检验而流传下去呢？习近平总书记在文艺工作座谈会和 2023 年宣传思想文化工作会上指出：在文艺创作方面，存在着有数量缺质量、有"高原"缺"高峰"的现象，周文彰会长也在第六届散曲论坛上指导提出散曲创作"求精不求多"。同时，对照中华诗词学会当代诗词曲赋联精品研究委员会提出的"格高、意新、情真、味厚、词工、时宜"十二字方针的精品要求，我们也不妨自查自问：我们这多如牛毛的散曲作品中有多少是合格的呢？值得深思，值得注意，更是向我们散曲创作发出的一份严肃考卷，我们只有将战略重点放在提高散曲的创作水平上，才能多出精品；只有多思考、多观察、多深入、多琢磨，进一步认真学习散曲知识、严谨散曲创作、用心推敲散曲作品、精心提升和确保每一首散曲作品的质量，才能交上一份合格的散曲精品工作答卷，如若任性随意而写、盲目求量，数量再多却无质量的创作等于是虚假繁荣和徒劳码字。

**二、从当代散曲选粹来说，宜一心保质、可小心保量。**

为贯彻总书记讲话精神，中华诗词学会会长周文彰在专委会主任会议上提出了"把精品作为创作的生命"的号召。不得不承认，在当前散曲数量遮蔽质量的现状，散曲作者们也在思考在调整，努力在质量上下功夫，尽力多出散曲精品。但客观地说，目前全国散曲创作质量有待提高，好的作品还不够多。在此现状下，当代散曲如何高效发掘、筛选精品？

1. 要与"中华诗词精品年"活动完全统一思想，相关工作成员都要深入学习领悟和高度认同中华诗词精品年的重大意义和具体方案，并身体力行贯彻落实。

2. 要广泛宣传和详细告知曲友"中华诗词精品年"活动，全方位引导曲友们牢固树立精品意识和谨遵精品标准，为散曲筛选推介做好必要铺垫；同时倡议曲友们克服重数量轻质量的模糊认识，在创作中精雕细琢、精益求精、力求精品；并多途径耐心向曲友做好解释工作，鼓励和动员曲友们写精品、交精品、理解支持精品工作。

3. 要营造精品散曲挑选筛选之氛围。通过相关征集活动，通过设立、发布或者转发推广《精品散曲》专刊，通过举办精品散曲交流会等活动，把精品散曲宣传出去，使优劣作品无形中对比，带动曲友们自发寻找差距，油然激发曲友们精品散曲的自豪感、自信心和兴趣，营造精品散曲工作的良好氛围。

4. 要严格统一标准，即按照中华诗词学会当代诗词曲赋联精品研究委员会提出的"格高、意新、情真、味厚、词工、时宜"十二字方针的精品要求一视同仁，不论作者有无名气、摒弃人情关系、不留私人情面、不搞"大锅饭"平均主义，一心只确保质量。

## 三、从当代散曲推精来说，任倾心优质、望费心优量。

散曲是我国文学史上一朵绚丽奇葩。然而，千百年来，在中国诗坛中人们皆以诗词为正统，而对走出文人小圈子、走下圣坛、走向民众、走向社会的散曲（特别是北曲）则"另眼相看"。因此，雅俗共赏、最接地气、能够在元明两朝光焰万丈、大放异彩的散曲也有被人不重视、甚至看不起的时候。如，清代文人重视考据之学，于诗歌创作方面也只是重视诗词，他们视散曲为雕虫小技，认为非文人雅士所为。

号称包罗古今的《四库全书》，除了几种元人的小令套数集子外，对于其他庞大的元曲种种一概不收，并在提要中说"厥品颇卑，作者弗贵。"意思是说，作品卑俗，作者的地位也不高。因此就把许多很有价值的散曲作品湮没不传。后经王国维、吴梅等大师的极力倡导，散曲才获得了与诗词三峰并峙的地位。由此可见，我们当代中华诗词精品工作绝不能重蹈覆辙，要切实响应和执行周文彰会长对于中华散曲的重要地位的论述，切实传承和保障诗词曲三峰并立。

1. 在倾心优质散曲的前提下，望适度宽容散曲精品门槛。今天很多人对散曲的认识以及对散曲创作中许多问题的看法都不尽相同，特别是什么样的散曲作品才符合精品要求，往往见仁见智。那么，在众说纷纭中，诚望宽待散曲、鼓励散曲、给散曲一米阳光，散曲定会回报新的灿烂与辉煌。

2. 在倾心优质散曲的同时，诚请适量包容散曲精品的数量。写散曲者少，散曲精品挑选的范围就相对会少，散曲精品就会少而又少。现实情况不均衡，热爱诗词曲的心可见机行事相对均衡而非绝对均衡。笔者近日在全国收集了二十年来的各地曲友们之各级获奖散曲，但总量却只有区区 313 首，相信不是曲友不够努力，而是评选比例的问题。

3. 在倾心优质散曲的总原则下，呼吁关爱散曲、珍惜散曲、呵护散曲，给这一特殊"物种"多点机会多点展示，以吸引更多关注的目光。

诚然，近年来多地散曲工作委员会成立后都采取了种种措施，积极补短板、抓创作。但由于散曲知识的复杂性和普遍的散曲底子薄弱，目前，提高对散曲的认识、继续推动散曲创作、助力精品工作依然是我们义不容辞的责任，我们任重道远。那么，中华诗词精品年应该是推动散曲进步和发展的巨大契机，当代散曲有信心有决心充分利用和抓住机会，发挥和使用好散曲之文字通俗、描写逼真、取材丰富等诸多长处，写出无愧于时代的好作品来，让这些好作品堂堂正正录入中华诗词精品库收藏和流传下去，为中华诗词精品年增光添彩。

2024 年 8 月 10 日

（收录于《中华诗词精品创作理论研讨会论文集》）

（1）论文标题：当代散曲如何高效参与中华诗词精品工作之我见

（2）论文摘要：对当代散曲创作之现状进行了观察研究，对个人创作散曲进行了自我反思总结，对当下散曲精品工作的开展方式、实际效果进行了分析，探讨交流散曲如何有效参与中华诗词精品工作，并以散曲创作者和基层一线散曲工作者的双重身份提出了当代散曲精品工作之具体见解。

（3）关键词：中华诗词精品年；整体联动；当代散曲；散曲选粹；门槛；数量；呵护散曲

（4）参考文献：

A.《"中华诗词精品年"工作方案》（《中华诗词学会通讯》总第 128 期）

B.《把诗词精品的创作筛选推介作为工作重点 —— 周文彰在中华诗词学会五届四次理事会上的讲话（摘要）》（《中华诗词学会通讯》总第 128 期）

C.《论曲的自由与不自由 —— 兼及当下散曲创作（赵义山著）》（2013 年第 8 期《学术研究》）

D.《散曲现状及体式流变方向揣探（南广勋著）》（在第十二届中国散曲及相关文体学术研讨会上的发言）

# 我读张存寿会长两首赠曲

2024 年 4 月 29 日

张存寿（北京）

**【双调·水仙子】戏致赵义山会长**

为谁辛苦为谁忙，于此恩荣于此强。而今卖力爬山上，做些个荣誉长，众门生一体荣光。廉颇不老，国色新香，盼只盼红杏出墙。

张存寿（北京）

**【双调·水仙子】贺潇湘散曲社成立 15 周年寄周成村老社长**

年方十五正风骚，日上三竿可算高。潇湘社一等风流貌，头排数得着，看长江逐浪推潮。羊春秋圆梦，刘海阳砍樵，周掌柜甩手逍遥。

读张存寿老师这两首小令，第一反应就是忍俊不禁、开怀大笑，其幽默风趣之功夫了得！一如既往主打张老师泼辣直白、诙谐活泼之独特风格，令人欢笑之余心领神会、印象深刻、回味无穷。趣味是散曲之特色，通俗是散曲之本色，张老师在某媒体访谈中谈到钟嗣成于《录鬼簿》把散曲风格称之为"蛤蜊"

风味，蛤蜊是自然俗物，却深受百姓喜爱，散曲"趋俗尚趣"恰如蛤蜊味，因而他以诙谐为美、以通俗为趣，很显然张老师是这方面积极的倡导者和实践者。

张老师这两首作品，除了语言鲜活有趣，其次是思路与谋篇布局方面也皆可称之为"凤头、猪肚、豹尾"。两首曲都是贺赠作品，均紧扣主题"致""贺""寄"，通过对对方工作、学习、创作等方面的评价以及赞叹与寄语，真实、真切、真诚叙写出了作者的肯定与热望，别具一格、不落俗套地彰显了对对方的深刻了解、深沉友情，特别是用玩笑式的"表面"精准而风趣表达了"内里"对对方的赞美、欣赏、感动、信心。

两曲均分三个层次，层次分明。

开篇，"为谁辛苦为谁忙，于此恩荣于此强""年方十五正风骚，日上三竿可算高"，口语化的寥寥两句生动形象地高度概括和肯定了对方功绩，为接下来的赞美和祝贺做好铺垫，自然而然引人入胜、渐入佳境，这样的开头简明扼要、开门见山、直白浅显、娓娓道来又朗朗上口、寻常中透着热烈、平淡无奇中看着舒服，着实"凤头"也。

紧接着，"而今卖力爬山上，做些个荣誉长，众门生一体荣光""潇湘社一等风流貌，头排数得着，看长江逐浪推潮"，分别是两首小曲的主体部分，即作者承上启下主要表现其所致所贺所寄之源由之情境。回首往事，创下辉煌；俯瞰今朝，赵教授、周社长均做的做荣誉长、看的看逐浪推潮，但"众门生一体荣光""潇湘社一等风流貌，头排数得着"，对两位前辈的劳苦功高如实再述，对他们的无私付出、高风亮节朴实直接赞美，对曲坛收获和潇湘社成就痛快高声点赞，引发我们同感共鸣。字少词简意丰，"猪肚"是也。

两首小令的结尾更是亮点，妥妥的豹尾！结得高扬、结得响亮、结得让人意想不到却又是情理之中。"廉颇不老，国色新香，盼只盼红杏出墙""羊春秋圆梦，刘海阳砍樵，周掌柜甩手逍遥"，没有装腔作势，没有牵强附会，没有胡乱矫情，只有独创的新颖和聪明与机灵，尤其巧妙将"红杏出墙""甩手逍遥"双关语信手拈来，以及"廉颇不老""羊春秋圆梦，刘海阳砍樵，周掌柜"等用典比拟活写曲家几代人，为小曲增色增味不少（熟悉周老前辈的人都知其因健康原因有一只手掌是轻微甩动的），张老师之博学与高超技能令人折服。"逍遥"二字，潇洒中带着余味，既难舍又祝福，是作者心情真实写照，梦想与豪情永远留在了记忆里，对高风亮节、自由恬淡、愉快归隐的前辈高人有一种肯定和赞美，寄托着深意，甚至略有羡慕，暗相衬应出作者的人生境界。这是何等高妙的艺术手法！

纵观以上曲，通篇无一字写贺表寄，却无一字不是贺、不是寄。作者郑重其事活灵活现海侃大赞的豪情模样，仿佛透过小曲惟妙惟肖出现在读者面前，作者不笑，读者全笑了，笑中带泪、笑中比心、笑中同赞……

（附张存寿简介：张存寿，中华诗词学会党支部书记、副会长，中华诗词学会十大导师之一，中华诗词学会网络学院执行院长。获得"庆祝中华人民共和国成立70周年"纪念章。）

# 赏析两则

## 赏析1

### 青玉案·甲辰立秋听蝉

罗建平（湖南）

晨风欣报开秋圃，似听那蝉声声诉。蛰伏经年凌玉树，踏枝高处，欲寻清露，险被蒸和煮。

堪怜荷谢莲香处，挥汗扁舟采莲女。送曲清音歌且舞。唐虞流响，陆云留赋，载入金秋谱。

**禹丽娟评：**

《青玉案》，又名《横塘路》《西湖路》《青莲池上客》。词牌的得名取自汉张衡《四愁诗》："美人赠我锦绣段，何以报之青玉案。"双调，六十七字，十仄韵。上片第五句也可不用韵；第四、第五句宜用对仗。下片亦然。此词牌变体很多，作者依用的应是宋代张榘体，第二句是七字句。

罗建平老师这首《青玉案》词以拟人化书写为主，起句让人想象晨风来报告立秋了，秋日大园子的门开启了。接言听蝉，"末日"即将到来的蝉似乎在"声声诉"着其经历、生活、磨难，暗颂蝉一生的隐忍、高洁与坚韧。

过片提升上文意脉，将蝉转为乐天派继续拟人化描述，代蝉怜枯荷、心疼辛劳采莲女，间接彰显了蝉的潇洒乐观，并还"送曲清音歌且舞"以慰问之，看似"没心没肺"，实则是"活着不累"，开心过一生足矣。其积极心态爆棚。

"唐虞流响"，指的是唐虞世南《蝉》"垂緌饮清露，流响出疏桐"；"陆云留赋"，指的是晋陆云《寒蝉赋》，自然而然用典切入，恰到好处总结讴歌了蝉的不俗之处，昂扬精神载入金秋谱。

该词主题明确，意脉贯串，条理清晰，层层推进。情景交融、虚实结合，下片的对仗句工而美，语言质朴而隽永，堪称"言简意深"，令人回味无穷。

## 赏析2

### 浣溪沙·深秋岳阳楼区诗词协会联袂汨罗采风

赵元珍（湖南）

秋到汨罗桂艳香，风催南亩稻金黄。诗词联袂采风忙。

古镇龙门风俗见，屈祠书院典章煌。拾遗微粒入诗囊。

**禹丽娟评：**

《浣溪沙》词调现有五种格式，风格婉约含蓄、轻巧灵动。这首《浣溪沙·深秋岳阳楼区诗词协会联袂汨罗采风》，记叙了诗词协会的采风活动和描绘了深秋时节汨罗的景象。

此词清丽、轻巧、明快，章法老到有序。首先由景开篇，用景铺垫，"秋到汨罗桂艳香，风催南亩稻金黄"，通过对汨罗秋天桂花飘香、稻田金黄的描写，营造出了一幅色彩斑斓的秋日乡村画卷，展示了汨罗深秋之景，"桂艳香"开门见山写出了秋天的汨罗桂花绽放、香气四溢，营造出一种心旷神怡的氛围。同时写"稻金黄"，引领读者身临其境般看到秋风吹拂着南边的田地、稻谷一片金黄，满满是丰收的景象，情不自禁感受到了丰收的喜悦。"诗词联袂采风忙"呈上启下，生动地展现了诗词爱好者们积极投入采风活动的热闹场景，为整首词增添了活力与动感。

　　接着，下片以一组朗朗上口、富有音乐美的工整对仗句进一步切入主题，自然跟进，写如何采风、采风过程，吸引读者如影随形般跟随作者一路"采风忙"，在古镇龙门，可看到独特的风俗；在屈祠书院，可见识辉煌的典章。在采风过程中，自然而然为诗词创作找到了丰富的素材，启发了感悟和灵感，使诗人不断拾取点点滴滴，纳入自己的诗囊，创作出优美的诗词作品。表达了诗人对汨罗文化的珍视和用心收集，体现了诗人对文学创作的认真态度和对汨罗文化的热爱。

　　整首小令遣词造句很平实质朴却彰显着生动活泼、清雅与合理，不愧为中华诗词学会女子诗词工作委员会推优的当代好词。

部分嘉宾对岛丽娟诗词曲的雅评

一

# 蓦山溪·初秋乡村郊游（依龙谱）

徜徉其内。未饮浑如醉。翠岭倚青霄，杂尘净、浮云飘曳。
小儿驰逐，鸡鸭满房前，新院伟。风拂桂。卧犬安无吠。

难禁逸兴，裙摆萦葭苇。桥影小溪清，手撩浪、平添趣味。
日斜天暮，霞照野游归，车渐动，心忽悴。空羡村居美。

（2024年《中国红馆》第三十二辑推优）

①崔杏花评：

蓦山溪，又名"上阳春"。此词为周邦彦（湖平春水）体。
此调的显著特点是韵稀，要求语意连贯而流畅，故很难作好。
因韵稀，且用仄声韵，声韵低沉，音节散缓，于宋词中甚有特
色，作者甚众。此调适应之题材广泛，可用于抒情、写景、咏
物、祝颂等。

此词写初秋乡村郊游之乐。以"徜徉"起笔，奠定了悠闲自
在之情感基调。"未饮浑如醉"，没有喝酒就醉了，为什么呢？
因为作者的好心情加上眼前的美景，让人沉醉。有了这般铺垫，
则接下来的景物描写，"翠岭""浮云"甚至"小儿"，甚至"鸡
鸭""卧犬"就来得极其自然了。

下片以"难禁逸兴"起，喜悦之情可见。"裙摆萦葭苇"，穿
着漂亮的裙子来到了长满芦苇的水边，这是一幅很美的画卷。
看"桥影小溪清"，忍不住"手撩浪"，浪是浪花。这又是另一副
画卷，生动而富有情趣。"日斜天暮"尽兴而归。"心忽悴"，作

者想要表明的应该是一种艳羡与不舍之情，只是这三个字稍显力不逮。"空羡"句稍平实。此词整体读来，意脉流畅，用语清新，情景交融，是一幅美丽的乡村郊游图。

（点评者简介：崔杏花，中华诗词学会理事，《当代词曲三百首》副主编，2015年参加《中华诗词》"青春诗会"，获"谭克平杯"青年诗词奖提名奖。另曾获得第六届全国"华夏诗词奖"一等奖等多项全国诗词联大赛奖项。）

②罗建平评：

此词读来琅琅上口，养眼撩心，似被作者牵着在山水间优哉游哉乐哉。上阕写乡村景致之美，"翠岭""青霄"、轻云、嬉戏的儿童、成群的鸡鸭、安卧的憨犬、掩映在桂花树下的新庭院，令人陶"醉"。下阕言陶醉于此景之中游人的"逸兴"。作者只道其"裙摆萦葭苇""手撩浪"，但却让人读到了其恣意山野间至"日斜天暮"的快乐。全篇娓娓道来，一气呵成，韵味悠长。

（点评者简介：罗建平，中华诗词学会常务理事，中华诗词学会当代诗词曲赋联精品研究委员会常务副主任，湖南省诗词协会顾问兼省女子诗词工作委员会主任，出版有个人诗词专集《美美小憩》《追梦吟》《怡园小曲》《怡园吟草》。）

③萧凤菊评：

禹丽娟老师《蓦山溪》这首词，语言清新明快，有序铺陈，写景抒情，创意明朗积极。

开篇就将读者引入一幅山水田园村居图，尽情享受那份宁静与悠然自得。"徜徉其内。未饮浑如醉。"仿佛传来歌声"美了美了美了，醉了醉了醉了"，轻松愉悦的节奏感舒心。"翠岭倚青霄，杂尘净、浮云飘曳。"着意渲染乡村中的青山绿水，天高云淡的自然之美。"小儿驰逐，鸡鸭满房前，新院伟。"小孩追逐嬉闹，家禽和鸣，由景及人，由人带来的勃勃生机，静中有动，好个世外桃源仙境。这份和谐与安宁，连忠于职守的"卧犬安无吠。"他和主人一样，安闲地分享微风轻拂下的桂子芬芳。

上阕为描绘初秋乡村实景图，下阕则重在于"游"趣，触景生情。情与景的交融，物我相融，自是逸兴难禁，裙摆萦蒹葭，芦苇，手撩清溪浪花，趣味盎然。不觉已是"夕阳无限好，只是近黄昏。"的境界。作者流连忘返，沉醉其中，依依不舍之情真切。结句"空羡村居美"带有惆怅，反衬作者向往美丽的乡村生活，揭示主题，赞美乡村振兴的喜人成果，意境深远。

（点评者简介：萧凤菊，中学高级教师。中华诗词学会女子诗词工作委员会编辑兼散曲授课点评员，湖南对联文化传承人。第八届中华诗词"华夏奖"优秀奖等。）

④姜彬评：

读禹丽娟同志这首《蓦山溪·初秋乡村郊游》词之感悟：虽然上下片都有写景抒情，上片重在写景，移情入景，寓情于景。以"翠岭倚青霄""鸡鸭满房前"等意象示之，"未饮浑如醉"五字将抒情发挥得淋漓尽致。下片情景交融，"桥影小溪清""平添趣味"，便是触景生情；"日斜天暮""心忽悴"，点明时光流逝，天暮之时，心绪浮动，由表及里，空羡村居之美啊！这种移情于景，出神入化，富有性灵，饶有情趣之笔，令人耳目一新。

（点评者简介：姜彬，中华诗词学会、中国楹联学会会员，湖北省大冶市诗词楹联学会常务副会长兼秘书长，大冶市常春书院院长，曾获全国诗联大赛一二三等奖若干。）

### ⑤罗健评：

好一副乡村秋游的白描手法的图画！似随作者款款同游，身临其境般看到了"翠岭""青霄""浮云"等自然景致，看到了"小儿驰逐""鸡鸭满房前""新院伟"等现代农村景象，感同身受似地体会到了作者在清澈小溪撩起浅浅波浪、任裙摆拂水的惬意悠闲和游玩结束告别村庄时的恋恋不舍。是一首看似寻常却暗颂乡村振兴的立意高深的新时代田园词。整词主题明确，思路清晰，脉络连贯，娓娓道来，不多雕饰却"雅"不胜收。

（点评者简介：罗健，中华诗词学会、中华吟诵研究会、湖南省诗词协会会员，湖南省怀化市五溪吟诵社社长。）

### ⑥郭军民评：

这首词以细腻的笔触描绘了一幅较为宁静而富有动感的初秋乡村郊游图。作者通过离村时"心忽悴，空羡村居美"的流露，反之以淡淡的惆怅来抒发对乡村美好生活的向往之情。

上片写景。"徜徉其内，未饮浑如醉。"上片开篇，交待了作者从市区走向乡村，定下了全词的情感基调。初来漫步乡村，仿佛还没置身于乡村过细欣赏美景，就因乡村的景色所吸引，就像没喝到美酒而想到美酒一样的醉了。接着写远离尘嚣，通过"翠岭倚青霄，杂尘净、浮云飘曳"自然与心境相融的描绘，营造出一片清新脱俗的意境。然后以"小儿驰逐，鸡鸭满房前，新院伟，风拂桂。卧犬安无吠"表现了乡村生活的和谐与宁静。儿童嬉戏、家禽满棚、新楼玉宇、兰香桂馥，犬卧无惊，一幅幅温馨、和谐、生动的人与自然的画面展现在眼前。卧犬安无吠。上片结片是作者有意无声的表达，猜想农村也有人饲养宠物狗了，过去城里人去农村是最怕狗的，如今大不同了，侧面反映了农村生活的变化，还隐藏主人对客人的欢迎。

下片抒情。"难禁逸兴，裙摆萦葭苇"抒发了作者难以抑制的欢愉与奔放，穿着的裙子与芦苇共舞。"桥影小溪清，手撩浪、平添趣味"则通过细节描写，展示作者在清澈小溪边拨浪的情趣，这几句静动结合，饶富词意。随着"日斜天暮，霞照野游归，车渐动，心忽悴"，天色渐晚，游兴未尽，车子启动，将返归途，我心感觉憔悴起来，为什么？因为流连不舍。最后自然引出了结拍"空羡村居美"的感慨。道出了作者来与归的内心矛盾与不舍，一方面对乡村生活的美好无限羡慕，另一方面因现实的回归城区却又无法在农村长久停留，几分惆怅与无奈的心绪油然而生。

整首词通过对初秋郊游的细腻描绘，不仅展现了乡村生活的自然美、和谐美，而且反映了作者对宁静、质朴生活的向往与追求，间接地抒发了对农村"产业兴旺、生态宜居、治理有效、乡风文明、生活富裕"的感慨。

个别语句还可提炼。首句"徜徉其内"的其内不好理解，不如直接写"徜徉郊外"。又"浮云飘曳"：浮云有云彩、乌云和人生三重意思，此词中应取"白云"，且"浮"与后"飘曳"不必重意。另与词中绿水青山，蓝天白云相谐些。"裙摆萦葭苇"可写得更生动些。摆字稍硬些。可易作：裙舞牵葭苇。主观融于客观当中，诗意就出来了。"霞照野游归"因前句有"日斜天暮"包涵了霞照。可结合心境来修改。可易作"痴绝野游归"。如醉、痴绝、忽悴、空羡、景与情前后照应连贯起来，似乎更好些。当然只是一家之见，仅供参考。

（点评者简介：郭军民，系中华诗词文化研究所研究员、中国红馆诗学研究中心轮值主编。）

# 二

## 邂逅油菜花

悲喜何如放一旁，埋头且自嗅花香。

纵然梦想怡心目，争似春风润肺肠。

有色惊天欣至极，无声蔽野美而彰。

偶来莫笑空留影，已纳些些诗里藏。

（《中国红馆》推优）

**郭军民评：**

禹丽娟此作，通篇景物随油菜花开而移步换形，情感随环境变化而波动起伏。首联第一句以感语而出之。悲喜何来？亦或是疫情被折腾的感受，那么一二句就把复杂的情感的联带起来。颔联从"嗅"觉上拓开，自然承接感受而递进一层，是首句"喜"情感的注脚。今天端的花堆锦簇，感受美好生活。颈联具写花海，是颔联画面的延伸与铺张。结联轻松带过，欲藏还露。偶来莫笑只身自由的感受，但我收获些些花我情怀的，却让我豁然开朗。那种欢畅和清新的如春风，在我心腑间搏起，那种欢畅和清新的诗意，自在我心中跳动。

（点评者简介：郭军民，系中华诗词文化研究所研究员、中国红馆诗学研究中心轮值主编。）

# 三

## 看花回·冬岭邂逅山茶花

久在红尘扰扰间。终日难欢。偶来途遇山茶艳，正若霞、媚动心弦。萧条添烂漫，更映云烟。

杳蝶无蜂亦自妍。莫负芳年。陡坡幽岭寻常见，纵卑微、亦入大千。不闻天下事，相笑花前。

（《中国红馆》第二十四季《冬之华》推优）

**郭军民评：**

我静静地读着禹丽娟这首词，和作者一样沿着乡间小路，走过陡坡幽岭，看到山茶花开了，没有曾经"久在红尘扰扰间，终日难欢"的情结，让我体现一种从容与洒脱的心境。

上片写景，景中含情。"久在红尘扰扰间。终日难欢。"开篇写复杂的世界也让人难免产生许多烦扰。后四句写山茶花。偶来途遇，山茶花就好象我时光里盛开的花朵，"萧条添烂漫"句，能景情寓合，却情以难状。

下片写情，情中有景。"杳蝶无蜂亦自妍。莫负芳年。"冬天没有春花一样招蜂引蝶，而山茶花却没有辜负一冬的芳华。"陡坡幽岭寻常见，纵卑微、亦入大千。"接着写山茶花"卑微"的寻常花，却是融入萧瑟冬天这大千景象中。

结拍写有田园隐者的洒脱。看一朵山茶花，没有烦扰，能还原原生态的安祥与美生活的自适。一念放下，万般自由。该词还隐约可见道家的思想。

# 四

## 【仙吕·后庭花】动物园里看动物

旧林在哪边，归山在哪年。力弱栏杆遍，声残游客喧。倩谁怜，不如酣睡，悠悠山梦甜。

（内蒙古草原散曲社 2023 年 11 月份推优）

**梁国强评：**

本来是逛动物园，一般来说，多是欣赏动物们的各种有趣的姿态，享受与动物互动的愉悦时光，或者了解动物习性的一些科普知识等。但此曲一反常态，从动物的角度出发思考，由己及物，以己推人，极具情感穿透力和感染力。是啊，我的故园在哪里，我将何日才能回到我的家乡。可是不管我如何呼喊反抗到声嘶力竭，人类依然开心快乐，非我族类，他们根本不懂、完全无视我们的诉求啊。可这会有谁能可怜我们呢？结局的反转有些意外，我们已经习惯了这样的生活，反抗不如随遇而安。动物们失去了原有的野性，温顺地被人类所驯服，这种反自然的结果能不令人深思？因此，结句看似平淡，却深化了主题。

（点评者简介：梁国强，内蒙古散曲工委副主任、秘书长。）

# 五

## 临江仙·参观"半条被子的温暖"专题陈列馆

瞻仰无言犹撼，梦回往日思沉。半条棉被暖人心。主宾交尚浅，鱼水爱何深。

旧物苍黄惊目，新篇红绛如林。好风吹续到而今。馆中清气肃，门外吉阳临。

（《满庭芳苑》2023 年 8 月推优）


**蔡大营评：**

"半条棉被"是红色经典故事。说的是红军长征中，3 名女红军在借宿徐解秀老人家中临走时，把自己仅有的一床被子剪下一半留给老人。老人说，什么是共产党？共产党就是自己有一条被子，也要剪下半条给老百姓的人。这首词借记叙参观过程，深情地抒发了对红军前辈与人民风雨同舟、血脉相通、生死与共的崇敬心情。尤其欣赏"主宾交尚浅，鱼水爱何深""好风吹续到而今"等靓句。

（点评者简介：蔡大营，《满庭芳苑》公众号主编。）

# 六

## 【仙吕·后庭花】新秋

叶黄蝉韵幽，云高风势柔。瓜果香如逗，稻禾垂似勾。各悠悠，如诗如画，迷人好个秋。

（2022 年内蒙古草原散曲社 2022 年 8 月份推优）

**梁国强评：**

对于诗人来说，每一个日子都是新鲜的，每一个秋天都是别样的。此曲以"新秋"命题，定然与以往有所差异。植物的叶子渐黄了，蝉的叫声也变得微弱了。天高，云自然也随着高远了，风淡，气势也不像夏季那么强劲了。瓜果成熟的香味是那么的诱人，"逗"字生动传神，且有喜感。饱满的果实把稻穗压得弯了又弯。原以为"勾"是"钩"的笔误，细一斟酌，"勾"更具动感。看什么都是那么舒心如意，好一个诗画般迷人的秋啊！此秋语与"天凉好个秋"果然有所不同。与其说新秋迷人，倒不如说人爱新秋。曲尾句"迷人好个秋"升华了境界，主客交融，物我相宜，写出了新意。

# 七

## 【仙吕·后庭花】吟屈原《九章(涉江)》

穿山涉水行，忧时守志清。孤愤空难尽，悲吟偏不停。叹声声，谁闻谁应，满天寒气萦。

**梁国强评：**

在诗词曲赋中，多有怀古题材，借古抒怀，感事伤时。这首小令既作者吟诵屈原《九章（涉江》后的感怀之作。

《九章（涉江》是屈原晚年作品，全诗以"旦余济乎江湘"始，以"阴阳易位，时不当兮。怀信侘傺，忽乎吾将行兮"结，这首诗讲述了诗人的悲凉处境和涉江远走的原因，表达了诗人在理想与现实面前的悲愤与无奈，诗人虽有一腔报国热忱，确不能施展报复，虽志存高远，确壮志未酬，不由感慨自己生不逢时。同时表明了诗人虽遭受不公，确矢志不渝，壮心不已，决不与黑暗势力同流合污，绝不妥协变节，始终保持高行洁志。这种高尚气节，这股浩然之气，师表万世，光照千秋。

《九章（涉江）》这首诗，让读者感知诗人的伟大情怀与高尚品德的同时，也感受到了年迈诗人莫名的孤独无助与凄惨悲凉，令人伤感，读后，不由悲从中来。

这首小令的作者在深切领悟了《九章（涉江》后有感而发，写出了这样一首优秀散曲，开篇四句"穿山涉水行，忧时守志清，孤愤空难尽，悲吟偏不停"。写诗人的悲惨处境与坚定信念。屈原在遭受了不公平的待遇，被流放远方，不得已涉水远行的情况下。仍能"忧时守志"，忧国忧民，忠贞不屈，思想愈加坚定。始终坚信自己的志向是正确的，始终坚信无论遇到任何艰难困苦，自己都不感到悲伤。虽"孤愤空难尽"，确"悲吟偏不停"。衬托出了诗人虽孤寂、悲愤，身处恶劣的政治环境和生存环境，却始终意志坚定，坚守信念，不与权贵同流合污，出淤泥而不染。写出了诗人的高贵品质，高尚情操和博大的胸襟。一位饱经沧桑，孤立无助而又志向高远，正直圣洁的爱国诗人的形象展现在了读者的面前，激发了读者对伟大的爱国主义诗人的无限思念与崇敬。

"叹声声，谁闻谁应，满天寒气萦"系感慨之言，表达了作者的敬仰，赞叹，无奈与惋惜。

这首小令，立意深远，遣词清丽，语言凝练，音律谐美，前四句两两相对，对仗工稳。

小令有着强烈的感染力。字里行间充满着历史的沧桑感，既有怀古诗的特色，又有与众不同的沉郁风格。勾起了读者千丝万缕的情感和淡淡的感伤与调怅。

# 八

## 蝶恋花·樱花

满眼红繁繁几许？云树堆花，锦簇浑无数。佳境迷人回首处，霞光似见来时路。

丽服鲜妆三两妇。影入其间，赏眺徐徐步。时与枝头相对语，问询谁是天仙女。

（山东泰安市楹联诗词协会微刊总第六十五期推优）

**推荐语：**

全词以写实为主，脉络分明，条理不紊。结句以抱真守朴超越心境，融情于景，融心性于物语，达到心物合一，乃是春风词笔矣！

# 九

## 西江月·祁县城赵镇剪纸

一叠微犹照眼，一开薄却迷人。一枝一鹊剪均匀，一盼从来好运。

花发何须到日，窗明总是如春。千年汾水定怡神，风正轻扬沁润。

（2020年中华诗词学会女子诗词工作委员会《诗咏祁县》推优）

**推荐语：**

诗句纤巧灵动，所咏之物特点鲜明。

# 十

## 【黄钟·人月圆】嫦娥喜入新时代

嫦娥莫悔偷灵药，往返已无忧。飞船飙飒，卫星稳稳，火箭飕飕。〔幺〕曾经迥汉，现今连地，明日交流。忽谁来逗：老乡妹妹，可愿同舟？

广寒宫外门谁扣？惊起醒双眸。风弦清响，云烟轻袅，光色清幽。〔幺〕伊人移步，兔儿藏影，桂蕊交头。观思良久，依然齐讶，是甚仙舟？

一槎飙向人间去，不再作仙囚。挥别幽桂，吻别寒兔，别了琼楼。〔幺〕故园连近，故人欢聚，故事新讴。共倾柑酒，同尝月饼，觉甚乡愁。

（《五溪曲苑》第七期推优，《潇湘曲苑》"曲林鉴赏"栏目发表）


**崔振爽评：**

禹丽娟《嫦娥喜入新时代》

从题目看就很新颖别致，极富吸引力。

作者用浪漫主义手法写了连章。上天入地，典化裕如，风趣的写了嫦娥进入新时代。这无疑是在盛赞祖国科技发展日新月异的辉煌成就。首章，典化李商隐绝句《嫦娥》中的句子。"嫦娥应悔偷灵药，碧海青天夜夜心"反其意而用之，把应悔改为莫悔，一字之改，效果卓然不俗，令人耳目一新。作者驰骋想象，趣味横生。

二章中明写广寒宫，实写中国的神舟飞船。明暗笔法交织映衬，魅力无限。特别是，神情毕现、绘声绘色的描写，更增加了曲味和趣味。三章写嫦娥毅然决然地挥别月宫重返人间。"一槎飙向人间去"，极其生动传神，画面感十足，趣味浓厚。推优！

（点评者简介：崔振爽，女，内蒙古敖汉旗作协主席、中华诗词学会女子诗词工作委员会微刊编辑。）

# 十一

## 【黄钟·人月圆】院里来了三十只鸡苗

队形未列声先到，一片哜嘈嘈。这只呆望，那只怯缩，集体惊噱。〔幺〕端盆碎谷，拌盆青菜，呈上佳肴。命其别闹，劝其乖巧，大伙儿闲聊。

（内蒙古草原散曲社 2023 年 7 月份推优）

浦生红评：

此曲格律正确，对仗工整，衔接自然，观察细致入微，把一群受惊小鸡崽写地活灵活现，曲味浓。

（点评者简介：浦生红，中华诗词学会、内蒙古诗词学会会员，作品常发表在《中华诗词》等刊物。）

# 十二

## 家中小植物

一隅秀色出阳台，几缕诗情望里来。

闲把春天心上种，静携伊梦钵中栽。

长教郁郁多芳意，不说亭亭得大材。

容我随风难妄动，管他红白有无开。

①王婉丽评：

禹丽娟此作，读了几遍，一股清新的气息扑面而来，葱茏的绿意呼之欲出，"一隅秀色出阳台，几缕诗情望里来。"开篇的小景紧紧抓住了读者的眼球，随着作者的诗笔渐入诗意，"闲把春天心上种，静携伊梦钵中栽。"颔联一虚一实，便把一种美景呈现在读者面前，钵中栽，三个字，巧妙地点出题上"小"字，"长教郁郁多芳意，不说亭亭得大材。"颈联由写景自然转入抒情，反映了作者的勤奋与淡泊，转结深化了这种恬淡，使得诗意进一步升华，整首句子工稳、通灵、顺畅，甚喜欢这种意境。

（点评者为原中华诗词学会女子诗词工作委员会编辑部主编）

②王春艳评：

披襟啸远，别出机杼，豪迈中不失刚傲！

③韩梅评：

诗首先要能给人以美感。作者把春天种到心里、该是何等悠然洒脱之人啊！用词行云流水，诗境安逸静美。

（点评者为中华诗词学会女子诗词工作委员会编辑）

④崔振爽评：

此律笔调轻松，闲适淡雅，文思细腻，词彩华茂，意境隽永。起句不凡，清水芙蓉般引人眼目，一隅秀色，几缕诗情，娴熟的通感手法，诗味浓烈。一下就抓住了读者眼球。颔联寓情于景，情景交融，一种欢乐与理想便并蒂而生，令人心旷神怡。颈联锦心秀笔，诗兴沛然，把那种爱花之心惜花之意写得温文尔雅，长教与不说何其文采风流，郁郁与亭亭写尽味与形的神韵。读来如饮香缪，齿颊生香。结句更是洒脱不羁。容我有自己的个性，可以随风，但不轻举妄动，不管它的花开与不开，重的是这个美丽成长的过程足矣。

（点评者为中华诗词学会女子诗词工作委员会编辑）

⑤李绍萍评：

诗人以巧妙的笔法，用"秀色""诗情"引出"心种春天""钵栽伊梦"的快乐。"多芳意"是愉悦，"有无开"是豁达。整首诗贯穿着一种热爱生活、恬淡自由又轻松的情调。生活在现代都市中，每个人都有切身体会——阳台一隅的绿植是最使人牵恋、也是最能释减压力的地方。这首诗写出了许多人想说又没法准确表述出来的感情。特别亲切可贵。

⑥胥春丽评：

"闲把春天心上种，静携伊梦钵中栽"，灵动轻逸，极富诗情。花草种在春风里，也种在心上。是否开花，都不是问题，只要春在心头。在这点上，作者态度鲜明，主题鲜明，她成功地俘获了读者与之共鸣的芳心，她是高度成功的。

⑦乔建荣评：

这也是一首以小见大的佳作，是一首让人清爽的小清新，作者以阳台栽植的小花草寄意，所谓，一花一世界，一点水可以直射太阳的光芒，这首咏物诗的特点是起笔巧妙，"秀色出阳台""诗情望里来"，开合自如，"一隅""几缕"可见其"小"，不着痕迹而尽见小植风韵，不费冗笔而为下文铺陈。"不说亭亭得大材"，天生我材必有用，小材也是材，这种来自诗人骨子里的自信让人敬佩。"管他红白有无开"，好豁达的情怀，只有经过历练的人生，才可能有这样的境界。"诗言志，歌永言，声依永，律和声。"女子诗词，自然有女子诗词的特色，好的女子诗词，大都有大海一样的情怀，可以包容整个世界。

⑧盛薇含评：

世事大小看得开，自有清风入我怀！为"管他红白有无开"点赞！

⑨萧凤菊评：

这首雅律通过一片小天地融合大情怀：自然亦泰然，养身亦养心。细品，赏心悦目，如临其境。起笔且随这位娴静诗意女子来到"一隅秀色出阳台，几缕诗情望里来。"她以介绍地点阳台，景物秀色小植物为媒，进入诗情画意境界。显然，作者没有停留在首联的情景中，颔联"闲把春天心上种，静携伊梦钵中栽。"深入细致承接写意，呼应第二句中的"诗情"，闲静的心境，才能心中永驻春天，"伊梦"用得实在是高妙，可惜的是"种""栽"意思相近，有合掌之疑，尽量避开为好。颈联"长教郁郁多芳意，不说亭亭得大材。"应是作者抒发感情的重点地方，是家中养小植物的目的，这一联转句是律诗中很难写好的地方，作者处理得比较好，"多芳意"和"得大材"都是一种积极乐观心态的体现。尾联"容我随风难妄动，管他红白有无开。"承接转句的心情，结得自然，借景抒情，抒发淡定情怀，富有禅味，远离物外，淡泊名利的情操，让读者产生共鸣感。另外，作者的遣词练字的功力不错，格律工稳，笔意舒畅，值得学习。

（点评者为中华诗词学会女子诗词工作委员会编辑）

⑩李依莲评：

这首诗起句自然，承句顺畅。"闲把春天种心上，静携伊梦钵中栽"运用了夸张浪漫的手法，写出了种花养草的闲适心境和快乐心情。"长教郁郁多芳意，不说亭亭得大材"，这句点明了种小植物的目的，是整首诗的中心点。此转句章法老练，开阖有度，心态淡然自若，超然物外。合句"容我随风难妄动，管他红白有无开"，自然顺结，借景抒情，余韵悠悠，富有禅意。整首诗对仗工稳，笔法简练，于平凡中见新颖，欣赏。

# 十三

## 晨五时见清洁工工作

有人犹梦有人为，尚未天明帚已挥。

最是寒风无善意，东西南北乱相吹。

（收录于《湖南当代女诗人作品选》，发表于《中华诗词》）

**卿玉文评：**

诗人真挚歌咏可敬可爱的城市环卫工人。他（她）们每天凌晨四点左右就开始了一天的工作。诗的起承两句，清晰自然地写道"有人犹梦有人为，尚未天明帚已挥。"是啊，当人们还沉睡在梦乡中，被誉为城市美容师的那群人，已用力挥动着帚把，清扫着喧嚣了一夜留下的垃圾，体现了"宁愿一人累，换来城市洁"的奉献精神。诗的第三句，用形象化、拟人化的手法写道"最是寒风无善意"，寒风如同一把利刃，无情地割裂着四周，无情地侵袭着环卫工人的身体，说明他（她）们的工作是多么的艰辛和不易。诗的结句"东西南北乱相吹"最出彩，一个"乱"字，生动地描写了肆意妄为的寒风四处吹，使地上的垃圾到处飞，或许刚清扫好的垃圾又被吹散，增加了环卫工人清扫的难度。此句让人拍案叫绝。整首诗情感深挚，神味渊永，衔接自如，浑然天成，是一首难得的好诗。

（原载于《第二届女子诗词论坛论文集 [湖南省诗词协会女子诗词工作委员会]》

（点评者简介：卿玉文，怀化市诗词楹联家协会会员。）

# 十四

## 鹧鸪天·初冬游东江湖

一片佳传果不虚，疑为妙手画中图。水深难测清如练，波淡安流静似姝。

身自在，意踌躇。蓝天接岭白云舒。荣枯草木何关我，已觉人间万事无。

（《中国红馆》第三十五季推优，发表于第二十九期《湘江听潮》）

①吴兰卿评：

作者以细腻笔触描绘东江湖初冬美景，"水深难测清如练，波淡安流静似姝。"词中寓情于景，结尾以"草木荣枯"与"我"相衬，影射"人间万事"，展现了作者超然物外的心境。结构清晰，逻辑连贯，语言生动，既有深度又富可读性。

（点评者简介：吴兰卿，网名雪儿，江苏南京人。中华诗词学会女子诗词工作委员会副主任兼秘书长、编辑部主任。）

②彭荔卡评：

作者选择初冬的视野写景，湖上正是草木凋疏万物简约的景象，这就营设了苍茫一派、开阔空荡的意境，很解压也很治愈，让人豁然开朗心境空明，此前的人生悲喜都一扫而空。形象地诠释了人与自然的辩证关系，读来哲思缕缕，言近旨远，很有感染力。

（点评者简介：彭荔卡，原中华诗词学会女子诗词工作委员会编辑部副主任兼诗教组组长，大庆市诗词楹联学会副会长。）

### ③韩梅评

这首词通过初冬游东江湖所见所思所感,将自然美与心灵自由的和谐用"波淡安流静似姝"推出。一种超然物外的心境,使诗人以平和、宽容的心态看待人生中的纷扰与变化。词既有对自然美的赞誉,也有对人生哲理的领悟,是一首充满诗意的佳作。

(点评者简介:韩梅,中华诗词学会女子诗词工作委员会编辑。)

### ④魏秀琴评:

作者用灵动的笔触融情入景,生动地描绘出东江湖初冬如画的美景,并由此生发感悟。小词脉络清晰,"一片佳传果不虚,疑为妙手画中图",首二句总括;"水深难测清如练,波淡安流静似姝"为近景;"身自在,意踌躇。蓝天接岭白云舒"为远景。写景比喻恰切、意象鲜明、色彩清丽、层次分明、意境清远。尾二句写感悟,结句"已觉人间万事无"境界全出,余味深长。智者乐水,心清如水、心静如水,万事融通,超然物外,岂不悠哉、美哉、乐哉!

(点评者简介:魏秀琴,中华诗词学会女子诗词工作委员会编辑、河北省诗词协会女工委副秘书长兼编辑部副主编。)

### ⑤杨冰评:

这是一首描绘初冬时节东江湖美景的词作。上阕以清丽之笔,勾勒出一幅水深波静、蓝天白云的美丽画卷。笔触细腻而富有意象力。下阕寓情于景,表达了诗人超脱尘世、淡看人生的高远情怀。全诗语言优美、意境深远、情感真挚、思想深刻，展现了诗人对自然之美的热爱以及对人生哲理的深刻思考。是一首值得细细品味的佳作。

（点评者简介：杨冰，中华诗词学会女子诗词工作委员会编辑。）

# 十五

## 鹧鸪天·访鲁迅故里

烟霭濛濛细雨飞，恍然处处是重回。乌篷船正悠闲过，百草园犹青绿肥。

游者众，故居辉。一城名盛一魂围。横眉凛凛何能远，呐喊惊天依旧威。

（《满庭芳苑》第694期推优点评，2024年12月）

**胡显祥评：**

这是一首借景抒情、缅怀鲁迅先生的词作，取材好，中规中矩。上阕写景，情景交融，生动自然，营造出一种朦胧、幽远的氛围。嵌入鲁迅故里极具代表性的"乌篷船"和"百草园"，更能唤起读者对鲁迅作品中相关描写的回忆。下阕抒情，表达对鲁迅的敬仰。整个城市因鲁迅的伟大灵魂而闻名遐迩。"横眉凛凛何能远，呐喊惊天依旧威"，直接歌颂鲁迅的精神。鲁迅"横眉冷对千夫指"的形象永远不会远去，他在《呐喊》中所表达出的对社会黑暗的批判和对民族觉醒的呼唤，至今依然具有震撼人心的力量，深刻地表达了作者对鲁迅的缅怀与对其精神不朽的赞叹。

（点评者简介：胡显祥，北京《军休之友》编辑，《南都风采》微刊顾问。）

# 十六

# 【中吕·十二月带尧民歌】初冬郊游（通韵）

心游梦里，身过村西。连天雾迷，满目云低。闲观隐迹，静悟玄机。〔带〕半零不落叶黏枝，欲淡还浓色如瓷。半疏半密柳萦丝，欲走还留草环池。——分明偃蹇姿，正蓄蓬勃势。

**吴惠良评：**

带过曲描写了作者久居城区，向往郊游及及郊游时的心情与感受。全曲写得比较深沉含蓄，似曲中描绘初冬的天气，云低雾迷，欲晴还阴。在悠闲静观中，透过半零不落的枯叶，半疏半密的柳丝，欲走还留的萎草，领悟到生命的偃蹇，看到了蓄势待发的生机。

曲作风格不具散曲之本色，也难入清丽却暗含雄浑之气。以游为序，边叙边议，且层次清晰。结构奇诡。结煞有力，寓意深刻，是一首充满正能量的励志篇。

（点评者简介：吴惠良，浙江东阳市诗词楹联学会副会长兼秘书长，东阳诗联散曲社社长，《东阳散曲》主编，《泰山论坛》曲评特邀嘉宾。）

附录三

获奖发言三则代跋

心有一诗苗，萌时静悄悄；几年前初学，日夕兴陶陶。始觉虽神秘，执笔皆可效；自此醉吟哦，一梦不能消。前岁逢散曲，邂逅动心潮；一遇成知己，谱曲未曾抛。不意积篇什，纷然已成帙；诗词曲五千，敝帚亦堪豪。偶试投赛事，竟获国家级奖；更有大刊发，推优喜相邀。虽未敢称富，此情实难描；今择六百首，辑存慰寂寥。

幸甚至哉！诚谢诗词曲，赐我以快乐，赠我以风标；亦谢勤学志，伴我度朝朝；更谢诸师友，厚爱比天高；片言难尽意，永念自滔滔。

拙稿辑成日，尤感隆情绕：中华诗词学会副会长高昌先生百忙拨冗赐序昭；《中华诗词》杂志社副主编潘泓先生排版细指导；《中华诗词》杂志社责任编辑何鹤先生撰书名题签墨香飘；家兄赠贺信，手足情谊牢；湖南省诗词协会理事佘国武先生热情相助，湘水涌诗涛；隐园文化力，精心付梓雕。在此一并致谢，深愧无以为报，谨以三则获奖发言代跋，永铭此情此朝。

禹丽娟

二〇二四年十二月

于湖南怀化侗文化城自在庄园

# 第二届"博凡老酒馆杯"
# 全国女子诗词大赛二等奖
# 禹丽娟发言稿

（2023 年 12 月 28 日）

尊敬的领导们，亲爱的姐妹们，大家上午好！

非常高兴来到古老而现代的魅力山西！心仪这片土地已久，在这个疫情消散、回归正常、一切静好的 2023 年的岁末，在这个"晚来天欲雪，能饮一杯无"的诗意玄冬，得杏花诗姐诗妹们之抬爱、藉中华诗词之美妙缘分，我终圆了山西梦，第一次踏上了山西这片热情的土地！

山西悠久的历史、灿烂的文化、"地肥水美五谷香"的自然风光，表里山河一直在我心中！此次会务方方面面的安排更使我宾至如归、跟诗姐诗妹们相见恨晚；山西的美景、美人还有美食让我不虚此行且深深地爱上了这个美丽的地方！

久仰山西杏花诗社之大名，杏花诗社成立 12 年来所取得的斐然成绩有目共睹，这支女子诗词队伍特色鲜明、精品频出、影响力颇大，创作出了大量的诗词曲作品，麾下的微信公众号"山西杏花诗社"等刊物精美、规范、作品水准高，本人一直收藏、关注、拜读、欣赏和学习。总之，杏花诗社多年来不懈努力，得到了中华诗词学会的认可，得到了广大诗友的喜爱，并且社长张梅琴老师被女工委任命为两任女工委副主任，向优秀的咱们杏花诗社致敬！

本人才疏学浅，得此奖项，实属惊喜，倍感荣幸，深受鼓舞。

在此，真诚感谢评委肯定与厚爱，感谢老师们鼓励，在今后的日子里，本人当再接再厉，更加努力学习、认真创作，争取创作水平更上台阶，以不负厚爱、不负时光、不负诗词、不负诗姐诗妹！

我也坚信，此次山西之行，必将成为我珍贵的回忆，以后将带着满满的美好和感动遥望山西、祝福山西，祝咱们杏花诗社杏花常开、诗香常在、春意浓浓常可爱！

请允许我即兴拙曲致贺：

【南吕·四块玉】贺"博凡老酒馆杯"大赛颁奖暨杏花诗社 13 岁芳辰

云淡悠，天晴朗。吉日当然好风光，深冬三晋如春旺。残雪消，红幕张，瑞气昂。

墨竞芳，声嘹亮。聚影如星灿华堂，杏花明日应堪望：人更靓，花更香，诗更强。

谢谢大家！湖南欢迎您，期待各位来湖南采风、做客！

# 2023 年度湖南省优秀诗人发言稿
## 发言代表：禹丽娟

（2024 年 3 月 4 日）

尊敬的各位领导、各位老师，亲爱的诗友们：

大家好！

欣逢春动花初放，喜见潮喧浪若飞。

在这春光明媚、草长莺飞的美好季节里，在这杜鹃花开、香樟树绿、古韵犹存、活力满满的美丽星城里，我很高兴参此盛会并荣幸作为 2023 年度湖南优秀诗人代表在此发言。

首先，请允许我向正确引领前行、辛苦栽培指导、为诗词工作无限付出的湖南省诗词协会表示衷心的感谢，向关心、支持和帮助我学诗写诗的各位老师以及推荐我的怀化市诗词楹联家协会表示由衷谢意，向无私奉献、辛勤工作、致力于诗词事业的领导、老师、诗友们致以崇高的敬意。

毋容置疑，本人只是众多诗词曲爱好者之一、是传承中华诗词曲优秀传统文化队伍中的普通一员，我相信，很多诗人、包括在座的各位，都比我写得好，也更有资格获得这份荣誉，因此我的内心充满深深的感恩。更非常感动于领导们的肯定与老师诗友们的认可，并深知这是一种抬爱和扶持，也是一种鞭策和鼓励，更是一种责任与使命。

我从小就对文字、文学异常热爱和敏感，学生时代的作文几乎每篇都是班里范文，工作后一直从事宣传文字工作，不少诗歌、散文、小说、通讯报道等在国家级、省级期刊报纸发表、以及获奖，是中国铁路作家协会会员、广州铁路集团公司文联理事。而自从接触到近体诗词后，深深被其历史传承和文化积淀等独特魅力打动而一见钟情，一发不可收，从此走上了学诗词写诗词的道路，至今六七年来，我从一个对平仄一窍不通者、从一个散兵游勇逐步成长为中华诗词学会女工委编辑兼诗教部诗词点评员，从一个散曲门外女，学曲一二年至今成长为湖南省诗词协会潇湘散曲社副秘书长、怀化散曲社社长，并多次获得国家级诗词曲赛事奖项。

很肯定地说，如果没有这个文化复兴的时代，没有诗词前辈的影响、没有诗词组织不断栽培，"单丝不成线、独木不成林"，我未必能有此成就，更未必能大放异彩。其次，不得不自豪地说，跟我个人的真心热爱、勤奋好学、勤于思考和坚持创作也是分不开的。无论何时何地，诗词始终是我的最爱，是我生活的重要组成部分。到如今，诗词是我的平台也是我的话筒，我用诗词记录生活、书写人生、赞美时代、讴歌真善美、引导正能量、宣传社会主义核心价值观，我深信，扎根于生活，为国家、社会、时代和人民而书写，这样的作品才是有生命力的。

正所谓：

感被评为湖南省优秀诗人

笔拙才疏不足夸，忝承抬爱感无涯。

春来果见东风好，乍暖枝头已放花。

荣誉属于过去，未来仍需努力。

2024 年我将继续逐梦前行，深入学习贯彻习近平总书记关于中华优秀传统文化的重要论述，牢记中华诗词学会周文彰会长强调的"把精品作为创作的生命，把素养作为诗人的生命"，贯彻落实湖南省诗词协会 2023 年年会精神，紧密围绕蔡建和会长提出的要继续将诗词创作放在重中之重、不断地推出精品、服务经济社会发展等重要指示，认真踏实多写作品写好作品。

与会如听歌一曲，已凭旋律更精神。

春天是诗歌的季节，春天的每一片叶子、每一朵花都仿佛充满诗意；这个季节总让人想起，一片片嫩绿的小芽、一只只吟唱的鸟儿、一缕缕芳香的泥土；

春天也是奋发的季节，"一年之季在于春"，新的播种、新的开始、新的耕耘、新的希望、新的未来、新的人生正从此开启。

正如拙曲所言：

【中吕·满庭芳】忝幸获湖南优秀诗人称号

春来正好，景欣眼底，暖润山腰。佳音忽共东风到，喜上眉梢。回首处尘痕不少，转身时诗兴仍豪。恩何报，惭颜自嘲：个小也登高。

再次感谢所有如春天般关爱、支持、温暖我的人，我会倍加珍惜这份荣誉，进一步修习古文、传承文化、书写精品，阔步向春天出发，用灵魂书写出更多更好的优秀诗篇，以不负美好的时代、不负精彩的生活，回报社会回报大家回报湖南省诗词协会！

# 2023年度湖南省优秀散曲创作者发言稿
## 发言代表：禹丽娟
### （2024年4月21日）

尊敬的各位领导、各位老师，亲爱的曲友们：

大家好！

绿柳红英齐茂盛，欢声曲韵满巴陵。

在这春光明媚、春暖花开的美好季节里，非常高兴来到历史悠久、人文深厚、风景秀丽、以"洞庭天下水、岳阳天下楼"著称于世的古老而现代的魅力岳阳，非常兴奋和激动参与盛会并荣幸作为2023年度湖南优秀散曲创作者代表在此表感言。

首先，感谢潇湘散曲社的肯定和厚爱，感谢潇湘散曲社正确引领前行、辛勤栽培指导、真挚无私付出，同时也感谢关心、支持和鼓励我学曲写曲的各位老师和朋友。

坦白说，虽然本人在散曲创作方面取得了一定成绩、获得过一些奖项、在《中华散曲》《中华诗词》等国家级公开刊物上发表过不少曲作，但散曲新兵的我学曲时间才短短三四年，只是众多散曲爱好者之一、是学习传承中华散曲优秀传统文化队伍中的普通一员，毋庸置疑，很多曲友、包括在座的各位老师，都比我写得好，都更有资格获得这份荣誉，因此这份荣誉让我倍感激励和鼓舞，在受宠若惊、诚惶诚恐之余，内心充满深深的感恩。我深知这是一种抬爱和扶持，也是一种鞭策和鼓励，更是一种责任与使命。

作为一名散曲爱好者和创作者，我一直坚信一份耕耘一份收获，只有勤奋学习、勤于练笔，认真对待散曲每一个知识点和每一次创作，才可能达到预期的目标。学曲之前，我接触散曲并不多，看过的专业散曲书也屈指可数，在散曲方面完全是"门外女"。机缘巧合与散曲邂逅，便爱上了散曲，从此步上了习曲之路，开始向前辈求教专业知识、四处打听购买专业书籍，一点一滴从零起步学习和练习，多看多学多思多写，如婴儿学步般打下坚实、规范的基础，几年来自己打印的散曲学习资料有近千页，练笔习作达到四百首左右。

同时，提高散曲作品质量，自然离不开看书。我不仅看现代散曲方面的书、还看古代散曲方面的书，不仅多看多读古代传世之作、也看当代优秀作品，向古人学、也向今人学，向一切优秀的曲家学，在学习中对比和思考，以此来提高自己的水平。

只有勤于思考，才能有所谓的"灵感"出现，而有了灵感，最好是立即记录下来，再慢慢雕琢、完善，否则来也匆匆去也匆匆的灵感就会转瞬即失。这也是我四年来创作散曲的一点肤浅心得。

回首来时路，迎头发浩歌。

荣誉属于过去，未来仍需努力。

学曲写曲之路是一条人迹稀少、小众化、缺少掌声和鲜花的寂寞之路，也是一条艰辛、枯燥、需要勇气和坚韧的崎岖之路，但却更是一条值得我们不断探索、不断前进的光荣之路。我深深地体会到这条路上"不进则退"的紧迫感，坚决愿意和方家曲友们一起，深入学习贯彻习近平总书记关于中华优秀传统文化的重要论述，牢记中华诗词学会周文彰会长强调的"把精品作为创作的生命，把素养作为诗人的生命"，紧密围绕湖南省诗词协会蔡建和会长提出的要继续将诗词曲创作放在重中之重、不断地推出精品、服务经济社会发展等重要指示，积极遵照执行中华散曲工委和湖南散曲工委的规划部署，认真踏实用曲记录生活、描绘世界、讴歌时代、讴歌真善美，创作出更多更好的中华散曲作品。

我相信，只要坚定文化自信，不忘初心，保持热爱，坚持不懈、持之以恒地走下去，散曲复兴指日可待，中华散曲的春天就在不远的前方。

正如拙曲所言：

【双调·折桂令】忝幸获湖南优秀散曲创作者称号

似春风骀荡无边，催放心花，烘暖心田。感愧多多，莺歌恰恰，蝶舞翩翩。悄回首才学尚浅，待从头习练争先。更写新篇，不负良辰，共秀芳园。

我的今天离不开各级散曲组织、各位老师的殷殷指导、谆谆教诲，离不开领导们对我的鞭策与鼓励，我将珍惜荣誉，继续努力，不断用新的成绩来回报社会回报大家回报潇湘散曲社。再次感谢所有如春天般关爱、支持、温暖我的人，谢谢大家！